햇볕 훔치다

국립중앙도서관 출판시도서목록(CIP)

햇볕 훔치다 : 심정임 수필집 / 지은이: 심정임. -- 서울
: 선우미디어, 2013
p. ; cm

ISBN 978-89-5658-351-8 03810 : ₩12000

한국 현대 수필[韓國現代隨筆]

814.7-KDC5
895.745-DDC21 CIP2013012417

햇볕 훔치다

1판 1쇄 발행 | 2013년 8월 1일

지은이 | 심정임
발행인 | 이선우
펴낸곳 | 도서출판 선우미디어
등록 | 1997. 8. 7 제300-1997-148호
110-070 서울시 종로구 내수동 75 용비어천가 1435호
☎ 2272-3351, 3352 팩스: 2272-5540
sunwoome@hanmail.net
Printed in Korea ⓒ 2013. 심정임

값 12,000원

※ 잘못된 책은 바꿔 드립니다.

※ 저자와의 협의하에 인지 생략합니다.

ISBN 978-89-5658-351-8 03810

햇별 훔치다

심정임 수필집

선우미디어 sunwoomedia

태양이 눈부시다

태양에 눈이 부십니다. 사람들은 덥다는 핑계로 햇볕을 피하지만 이 볕으로 삼라만상은 살을 찌웁니다. 오늘도 무궁무진하게 에너지를 쏟아주는데 나는 그것을 일용하게 받아 쓸 준비가 되어 있는지 자문해 봅니다.

지천명 초로에서 수필을 만났습니다. 내가 중심이었던 생각들이 변방으로 밀리면서 다양한 이웃들이 보였고, 새로운 시야가 열리기 시작했습니다. 고단한 작업이었지만 완성된 한 편의 글에 뿌듯한 생산의 기쁨도 맛보았고, 수필이 던져주는 밧줄을 잡고 불안한 늪을 헤쳐 나오기도 했습니다.

옥석을 찾아내겠다는 각오로 구석구석 정성을 들여 캐 모은 것들인데 이제 펼쳐보니 어찌 이리 부끄러운지요.

글을 쓰기 시작한 지도 어언 십오 년이 되었습니다. 수필이 나에게 주는 힘이 무엇인지 생각해 봅니다. 글 한 줄의 감동으로 삶이 조금이라도 정화될 수 있다면 쓰는 손길이 얼마나 가벼울까요. 힘든 과정이겠지만 열심히 노력할 것입니다.

햇수를 거듭할수록 글쓰기가 두렵지만 이 일로 인해 나의 삶이 좀 더 진솔해질 수 있다면 기꺼이 이어갈 것입니다.

다 자라지 못한 자식을 세상에 내보내는 심정으로 책을 엮어 독자 앞에 내놓습니다. 못난 자식에게 사랑이 더 가듯 부족한 작품도 나의 분신들이기에 내칠 수가 없어 여기에 담았습니다. 독자들의 따뜻한 격려와 질정으로 용기를 갖게 되길 희망합니다.

곁에서 늘 지켜봐 준 가족들에게 사랑을 전하고 주저하는 마음에 용기를 준 문우들에게도 우정의 마음을 전합니다. 오늘도 태양은 눈부십니다.

2013년 여름

심정임

| 차례 |

I. 사소한 행복

3. 고단한 희열

4. 목동의 노래

5. 골목 안 향기

사소한 행복

곡선의 여유로움

새로운 것과의 만남은 호기심과 기대감으로 설렌다.

박물관이라는 단어에 매력을 느껴 특설강좌를 신청했다. 장님 문고리 만지는 격으로 겉모습만 대충 알았던 우리의 문화와 역사가 새롭게 느껴졌다. 신화 같던 옛 조상들의 삶이 현실과 이어질 때는 절로 가슴이 뜨거워졌다. 그래서 일주일이 기다려지고, 생활의 에너지가 되고 의욕도 생겼다. 특설강좌에서 부여로 역사기행을 가게 되었다. 서울에서 그리 먼 곳도 아닌데, 발길을 선뜻 내딛지 못하고 벼르기만 했던 곳이었다.

부여박물관에서 만난 금동대향로는 나의 짧은 지식으로는 표현하기 부족할 정도였다. 높이가 64cm나 되는 작지 않은 향로는 어느 곳에서 보아도 날렵하게 균형 잡혀 있다. 받침 끝에서 뚜껑의 봉황머리까지 한 구석 허전한 곳이 없어 잘 관리해 온 완벽한 미인을 보는 듯하다. 그 몸체 곳곳을 손끝으로 다듬으며 신께 빌고 또 비는 장인의 숨결이 들리는 듯하다. 불로장생하여 신선의 세계로 입문하기를 기원하였으리라. 날아갈 듯 치켜세운 봉황의 가슴에서 향 내음이 폴폴 날리면 봉래산 겹겹이 둘러친 골짜기에 선계의 악사들이 모여 들었을 것이다. 천상의 진기한 동물들과 더불어 노닐다 보면 절로 신선이 됨직도 하겠다. 너무 화려하고 섬세해서 과연 저것이 천 년 전의 솜씨인지 쓸데없는 의구심마저 들었다.

많은 유물 중 제2전시실에서 나의 발길을 머물게 한 작고 소박한 토기가 있었다. '호자(虎子)'와 '변기'라고 쓰인 두 점의 토기인데, 그 쓰임새가 변기라는 것에 끌렸다. 호자란 호랑이나 개 등 동물 모양을 만든 토기를 말한다. 중국 옛 기록인 예창사지(藝慈私志)에 인왕(麟王)이라는 신선이 호랑이 입을 벌리게 하고 소변을 본 데서 온 이름이며 형태라고 설명되어 있다.

높이가 26.5cm, 입 지름이 5.8cm, 길이 26cm인 이 호자는 남자용 변기라고 한다. 크기로 보아 성인용은 아닌 것 같고, 어린이용인 듯하다. 요즘도 어린아이에게 소변가림 훈련을 시킬 때는 장난감 변기를 사용하지 않던가.

호랑이가 편안한 자세로 앉아 있는 모습인데, 앞다리와 함께 상체를 꼿꼿이 세우고 얼굴을 왼쪽으로 90도 틀고 입을 크게 벌리고 있다. 무엇을 받아먹겠다는 자세이다. 벌린 입 위로는 작은 눈과 수염이 그려져 있는데, 덩치에 비해 그 얼굴이 작은 데다 눈은 빙긋이 웃는 모습이어서 여간 해학적이지 않다. 풍만한 몸에 등으로부터 흘러내린 곡선이 어찌나 매끄럽고 유려한지 호랑이의 살집이 뭉실뭉실 잡힐 듯하다. 틀어 올린 목 줄기와 벌리고 있는 입의 조화와 표정이 맹수라기보다는 귀여운 강아지 같다. 아마도 소변가림 훈련을 싫어하는 어린아이를 위해 재미있게 표현한 장인의 따뜻한 마음이었으리라. 징징대던 도련님도 그것을 들이대면 싱긋이 웃으며 볼일을 보지 않았을까. 등 쪽으로 손잡이가 있어 사용하기에도 편했을 것 같다.

호랑이의 풍만한 몸매와 여유롭게 웃고 있는 모습에서 서산의 마애삼존불상의 부처님 미소가 떠오른다. 바위에 새겨진 삼존불상은 후덕하고 인자한 웃음과 함께 자르르 흘러내린 법의의 곡선으로 자애와 자비를 넉넉히 담고 있어 위엄과 근엄보다는 정 많은 어머니 같다. 이러한 작품에 나타나는 곡선의 부드러움은 여유롭고 낙천적인 백제인의 성품과 모성애를 느끼게 한다.

‘변기’라고 되어 있는 토기는 여자용이다. 납작한 것이 배의 모형 같기도 하고 신발모형 같기도 하다. 양 옆으로 달린 손잡이 외엔 아무런 장식도 없어 그 모양이 부드럽고 순박하다. 한쪽은 둥글게 굴려서 약간 높이를 주어 위를 막아주었고, 맞은편은 가늘게 빚어지면서 끝을 뾰족하게 마감하여 사용 후에 내용물 처리하기도 좋게 만들어졌다. 아무런 장식도 없이 단순하게 절제된 토기이다. 화려해지면 난해할 수 있고 단순함 속에 아름다움이 있다는 말의 정수를 여기에서 보는 듯하다. 몸 전체를 직선 없이 곡선으로만 표현했다. 투박한 듯 세련된 모양에서 장인의 독창성이 엿보인다.

이 토기들은 회청색으로 부여 군수리에서 출토되었는데, 당시의 백제인들의 상당한 생활수준을 보여준다.

백제 토기는 보통 적갈색 연질토기, 회청색 경질토기, 흑색토기, 회색토기 등으로 나뉜다. 백제의 문화는 수도 이름을 따서 한성, 웅진, 사비의 세 시기로 구분하는데, 가장 원숙기는 사비도읍기다. 이 시기의 토기는 한성, 웅진시기 토기를 더욱 발전시키고 새로이 중국이나 고구려 등의 토기 제작 기술을 받아들여 만든 실용적인 토기이다. 또한 기름진 넓은 평야와 함께 성품이 매우 호방하고 개방적이어서 일찍부터 해상에 눈을 떠 중국과 서역 등 동남아 지역으로 교역을 넓혀 새로운 문화를 받아들였다. 불교를 일찍 받아들여 승려는 당시의 최고의 지식층으로서 예술 방면에 크게 활약했으며 일본으로 문화를 전수하는데도 큰 역할을 했다.

　역사란 승자 쪽에서 기록되는 것이기에 찬란한 문화를 가진 나라일지라도 패자가 되면 보잘것없는 약소국가로 기록되고 만다. 백제의 역사 기록이 신라나 고구려보다 적은 것도 이러한 이유에서일 것이다.

　국사뿐이겠는가. 세계사에도 왜곡이 얼마나 많은지. 내 나라의 역사는 제대로 알고 있어야 하는데 각국의 국력에 따라 힘의 논리로 밀어 붙이려하니 힘이 약한 나라는 항상 불이익을 당하게 된다.

　국제사회 속에는 지금도 제국주의의 근성이 꿈틀거려 우울한 기분을 안고 박물관을 나오는데 따사롭게 쏟아지는 봄 햇살이 후덕한 백제인을 만난 듯 넉넉하게 가슴으로 안긴다.

조각보

햇살이 다사롭던 어느 날, 광화문의 C미술관에서 정영자 선생의 조각보 작품을 관람했다.

흔히 밥상을 덮는 용도로 쓰이던 조각보가 화려한 환생을 하고 있었다. 기하학적 구성과 색의 조화가 아름답고 우아하며, 그 크기도 사방 1m 이상의 대형 작품들이었다. 빨강과 초록, 검정과 하양, 노랑과 자주, 서로 강한 개성의 색들이 모여 전혀 조화될 것 같지 않았는데 어울리고 녹아 서로가 서로를 감싸는 듯하다.

보색(補色) 관계로 꾸며진 것은 화려하고 열정적으로 보여 출중한 장부의 기개가 보이고, 같은 색을 농담(濃淡)에 따라 배열한 것은 우아한 것이 인내와 포용, 덕을 겸비하라는 여인들에게 주는 훈계 같다.

두 조각이 모여 하나가 되고, 하나가 열 조각으로 나누어지나 그 조화와 배색이 눈에 거슬리지 않고 서로 감싸며 함께 빛나고 있으니 백 조각 아니라 만 조각이라도 그 섞임이 난해하지 않고 부드럽고 우아하다. 바늘을 만나기 전에는 너덜거리는 천 조각에 불과했던 것이 주인의 좋은 솜씨로 환골탈태했다.

천이 귀하던 시절, 어머니가 딸을 시집보낼 때 옷이나 이불을 만들고 남은 자투리로 세모로 자르고 네모로도 잘라 이리 맞추고 저리 맞추며 하나의 쓰임새를 만들어 혼수로 넣어 주시던 보자기가, 이제는 그 미의 가치를 인정받아 우리의 전통 규방공예로 자리 매김된 지 오래다. 우리의 어머니들이 헝겊 자투리 하나라도 버리지 않고 재활용한 지혜가 돋보인다.

시댁은 팔 남매이다. 딸이 둘, 아들이 여섯. 두 형님이 돌아가셨고 두 딸들은 미국에서 사신다. 조카들도 장성하여 자녀들까지 있다. 시어머니가 돌아가실 때 '화목회'라는 가족모임을 만들었다. 한 달에 한 번씩 순서를 정해 형제 집에서 모였다. 각 가정에서 일어나는 일들을 서로 알리고 축하와 격려를 해주며, 삼십여 년 가까이 이어져 오고 있다.

화목회 리더는 둘째 형님 부부신데 배려와 이해심이 깊으시다. 곧은 의지와 인자한 성품으로 교직 생활을 마감한 아주버님이 언제나 정신적 지주로 모임의 중심이 되었다.

1세대인 우리 형제들, 2세대는 우리의 자녀, 3세대는 2세대의 자녀, 모두 칠십여 명의 대 가족이 되었다. 외국과 지방에 사는 가족을 제외해도 사십여 명은 되는데 성격과 개성이 다른 각각의 가족이 아무 탈 없이 삼십여 년을 한결같이 모였다는 것은 어찌 보면 조각보의 상생(相生) 같은 생각이 든다. 튀면 다독여 주고 수그러들면 끌어 올려주는, 서로가 서로를 이끌어 주고 보듬어 주려는 정신이 자신도 모르는 사이 화목회를 통해 배우고 있었던 것 같다.

한 사람 한 사람을 볼 때는 개성이 강하고 나름대로의 성격들이 있는데, 한데 아울려 놓으면 묘하게도 화합이 잘 되고 윗사람의 말을 거스르지 않고 집안의 크고 작은 일들이 순조롭게 잘 처리된다.

제각각의 헝겊을 꼼꼼한 솜씨로 꿰매어 아름다운 조각보가 탄생하듯이 아주버님의 화목회 바느질 솜씨는 인정할 만하다.

'시' 자가 들어가는 시금치도 먹기 싫을 정도로 시댁이 싫다고 하는데, 우리 동서들은 서로 친하고 자주 만난다. 일주일에 한 번씩 성당에서 만나고, 일 년에 두세 번은 국내 여행도 다닌다.

4형제 부부가 제주도로 여행을 갔다. 2월의 제주도는 한가했다. 유채꽃은 아직 겨울 그늘에 숨어 있고 감귤도 제철이 지나

시들시들하다. 그러나 일상을 탈출했다는 것만으로도 우리는 즐거웠고, 형제가 함께 머물고 한가히 쉰다는 것에 만족했다. 5박6일의 넉넉한 일정으로 막내 시동생의 친구도 저녁식사에 초대해 제주도의 많은 이야기를 들었다.

제주에 살고 있는 남편의 군대 동기도 만났다. 그분은 키가 크고 몸집도 우람하고 성격 또한 느긋해 보였다. 왜소한 체격에 피부도 검고 성격이 급한 남편과는 대조적이었다.

술이 거나하게 들어가더니 군대 이야기로 만리장성을 쌓는다. 1960년대의 군대 생활은 열악하기 짝이 없었다. 추운 겨울, 불기 없는 내무막사에서 담요 한 장으로 잠을 자려면 덜덜 떨려서 둘이 꼭 껴안고 잤다고 한다. 친구가 일찍 의가사 제대를 하자 며칠을 밤마다 울었다고 털어 놓는다. 지난했던 옛 시절이 술잔에 녹아내린다. 수많은 사람 중에 단둘이 서로의 보색이 되면서 외롭고 어려웠던 시절 힘이 되어 주고 위안이 되었던 친구라 더욱 정이 도타웠나보다. 헤어지며 부인이 선물을 주는데, 조각 천으로 손수 만든 가방이었다. 이것 역시 서로 다른 두 분의 아름다운 어울림의 상징처럼 느껴졌다.

한 땀 한 땀 정성들여 이은 것이 만든 이의 노고가 담뿍 담겼다. 의미 없던 한 조각이 서로가 맞물리고 이어져 형태를 갖추고 아름다운 존재로 태어나는 것을 볼 때, 이 세상에는 의미 없이 존재하는 것이 없다는 생각이 든다. 가장 중요한 것은 한 조각이라도 떨어져 나가거나 비뚤어진다면 그 조각은 물론 옆의 것마저 형태가 이지러진다는 것이다.

우리의 삶이 타인과의 어울림인데 한 조각의 의무를 다하기 위해 스스로 성장하며 진솔한 삶을 살고자 함이 여기에 있다.

우아한 배색이 눈에 맑게 들어오며 가슴이 따뜻해진다.

2월의 제주 바닷바람이 훈훈하다.

은행나무와 노인

봄 햇살 속에 대지의 이곳저곳에서는 새로운 생명이 움트는 소리가 들리는 듯하다. 죽은 듯 보이던 풀섶에도 봄기운이 서려 있고, 나무들은 수액을 끌어올려 살아 있음을 알리며 열심히 한 해 삶을 준비하고 있다.

올해도 그는 살아 있었다. 까칠한 등걸 속에서도 생명줄을 치유해 가며 어린싹을 키워내려고 사투를 벌이고 있다. 지난여름을 힘겹게 나고 낙엽이 되긴 이른 계절에 푸르데데하게 빛바랜 이파리들을 힘겨워 더는 못 달고 있겠다는 듯 시나브로 떨궈 내던 나무. 그도 그럴 것 같다. 몸에 생채기를 안고 벌써 삼 년을 저리 버티고 서 있으니 그 몸이 오죽 힘들까. 병마가 몸속 깊이 침투해 서서히 쇠약해 가고 있다.

동네 사거리 조붓한 길가에 한 아름이 넘는 제법 큰 은행나무가 길을 사이에 두고 한 그루씩 있다. 하나는 연립주택의 담을 끼고 서 있고, 한 그루는 사층의 상가 건물 앞에 서 있다. 나무의 형체로 보아 사오십 년은 족히 넘어 보이고 그 키가 건물보다 높다.

울울한 가지가 여름에는 시원한 그늘 속으로 동네 노인들을 불러 들였다. 한가한 어르신들은 평상에 앉아 오가는 사람들 구경도 하고 눈인사도 나누며 그 나름대로의 한유한 시간들을 공유했다.

어느 해 가을볕이 따스한 오후, 텅 빈 그늘 밑이 수상하여 기웃거려보니 은행나무는 허리쯤에서 십 센티미터 정도의 너비로 줄기 둘레를 빙 돌려가며 벗겨져 있었다. 그 깊이만도 사오 센티미터는 될 성싶다.

누군가 나무를 죽이려고 외피를 벗겨낸 것이다!! 이렇게 외피를 벗겨내면 나무가 죽는다는 것을 알고 저지른 짓인 듯하다. 나무는 심재(줄기의 중심부)는 썩어도 외피 근처에 있는 변재에 이상이 없으면 물과 영양분을 공급할 수 있어 살아간다. 생명줄인 변재를 차단해서 나무를 서서히 죽이려고 한 짓이다.

상가 건물보다 더 큰 키가 일조권을 방해했던가, 아니면 사람들이 모여 떠드는 소리가 방해되었던가. 범인은 아무래도 그 나무로 인해 피해를 보는 쪽일 게다.

은행나무는 어디든 잘 적응하고 자체 방재력도 강해 병충해 없이 잘 자란다.

여름에는 많은 이파리를 살랑대며 시원한 바람을 주고 가을엔 단풍으로 계절의 느낌을 한층 진하게 알려주고 덤으로 열매까지 모두 내어주는 나무였는데 이런 대접을 받게 되었다. 이 동네는 불과 이삼십 년 전에 개발된 지역이라서 아마도 건물보다는 훨씬 더 오래된 터줏대감이라는 생각이 든다.

엄동설한을 상처를 안고 지낸 나무는 봄이 와도 느지막이 잎눈을 틔웠다. 병약한 나무가 온 사력을 다해 수액을 빨아 올려 잠자는 잎눈을 깨우느라 얼마나 수고스러웠을까.

찾아오는 노인도 한 명뿐이다. 평상대신 낡은 의자에 앉아 있는 모습은 지난겨울을 힘겹게 나셨는지 더 쇠약해 보였다.

노인은 이미 팔순을 넘은 고령이지만 이 나무는 은행나무의 수령으로는 아직은 청소년 시기가 아닌가. 젊음의 혈기로 지금 사지에서 헤어 나오려고 사투를 벌이고 있을 것이다. 높은 꼭대기에서 흔들거리는 이파리가 살고 싶다고 외치는 몸부림처럼 보인다. 꼭 치유되기를 바라며 나무진으로 범벅이 된 상처를 만져 주었다.

가을 어느 날 땅에 떨어진 낙엽 속에서 열매를 보았다. 아픈 몸인데도 의무를 다한다고 열매까지 맺다니. 자연이란 이렇게 불평과 원망도 없이 묵묵히 제 할 일만 하는데…. 그 열매는 어느 해 것보다 더 소중했다. 한 움큼 주워다 씻으니 은행알이 뽀얀 얼굴을 내민다.

　햇살이 풍성하게 쏟아지던 봄날, 예의 그 은행나무 밑에는 노인이 낡은 의자에 앉아 계셨다. 더욱 굽어진 등과 깊게 패인 주름 속엔 노환의 짙은 그림자가 드리워져 있다. 눈인사를 하니 누군지 알지 못하겠다는 듯 표정이 없다. 겨울의 긴 터널을 무사히 통과한 어르신의 얼굴에선 삶에 대한 애증의 엇갈림이 보이는 것 같다.

　밝은 햇살에 드러난 은행나무는 겨울보다 더 쇠잔해 보였지만 여기저기서 팔랑거리는 물오른 가지들을 보니 범접할 수 없는 강한 생명력이 느껴진다.

　햇살은 등 언저리에서 따스한데 힘없는 노인의 눈빛과 초췌해진 은행나무로 가슴속은 시리기만 하다.

사소한 행복

수첩 갈피 속에서 무엇인가 가볍게 날리며 떨어진다. 행운을 바라며 부적같이 넣고 다녔던 네잎클로버였다.

산길을 따라 올라가는데 나이 지긋한 남자분이 구부정한 자세로 풀섶을 더듬고 있었다. 무엇을 떨어뜨렸을까, 도와주고 싶은 심정에 옆에 가서 기웃거렸더니 허리를 가까스로 펴면서 말했다.

"별것 아니오, 네잎클로버를 찾고 있었소."

"찾으셨나요?"

"이것 하나 가져요, 하나면 되지 두 개까진 필요 없어. 행운은 한 번이면 돼."

내민 손에는 아직 시들지 않은 이파리가 산뜻하게 놓여 있었다. 고맙다는 인사도 하기 전에 다리를 절뚝거리며 자리를 뜨셨다.

손 안에 올려진 이파리를 보면서 이미 나에게 행운이 온 것처럼 설렌다. 일생에 단 한 번 올까말까 한 행운.

길가에 지천으로 피어 있는 클로버에서 네 잎은 변이 형이다. 사람의 발길에 짓밟히고 깔려서 잎눈에 이상이 생길 때 네 잎으로 변한다. 일종의 기형인 것이다. 뭉개져 죽게 되는 줄기가 고난과 불굴에서 기적처럼 피어났기에 발견하는 사람에게 행운을 가져다준다는 것, 우리에게 일종의 교육적 암시를 주는 것 같은데 사람들은 그 뜻은 알려고 하지 않고 기적 같은 행운만을 기대한다.

네잎클로버의 행운을 톡톡히 본 경험이 나에게는 있다.

큰딸이 결혼한 지 십년이 가까이 되는 해에 기적 같은 임신 소식이 먼 이국땅에서 전해졌다. 온 집안의 기쁨은 말할 수가 없었다. 십 년을 가슴조이며 초조해하던 딸의 얼굴이 떠올랐다. 감사와 조심을 당부하며, 친정어미로서 애태우던 시간이 끝났음에 홀가분했다. 그러나 그 기분도 잠시, 자궁경관무력증이라는 것으로 열 달 내내 누워있어야 한다는 것이다. 청천벽락 같은 소식에 우리 부부는 비행기를 탔다. 이런 일이 아니면 얼마나 좋은 이탈리아 여행인가.

딸 집에는 조그마한 정원이 있었다. 허브 종류의 꽃들이 여러 가지 있었는데 그 사이사이로 야생화가 더부살이를 하고 있었다.

제대로 손이 못 간 잔디 사이로 토끼풀이 널찍이 자리 잡고 있었다. 아침마다 정원에서 이것저것 바라보다 네잎클로버를 발견했다. 신기하고 기분이 좋아 풀섶을 뒤지며 찾았다. 어떤 날은 두세 개를 찾는 날도 있었다. 딸의 건강을 위해 기도하는 심정이었는데, 이 행운에 매달리고 싶어졌다. 며칠을 뒤진 끝에 십여 개의 이파리를 모았다. 딸도 무척 좋아한다. 책갈피에 곱게 펴서 눌러 놓았다. 심신이 약해지면 하찮은 것에도 의지하고 싶은 게 인지상정일까. 우린 그 행운을 믿고 싶었다. 아니 그 행운에 딸과 아기의 순산을 염원했다. 믿음은 그렇게 이루어졌다. 비록 누워서 열 달을 보냈지만 건강한 아들을 낳았다. 딸에게 행운의 신이 함께한 것으로 믿고 싶다.

흔하게 보이는 세 개의 잎은 행복, 네 개의 잎은 행운을 뜻한다는 꽃말이 있다. 나는 일상속의 자질구레한 일들을 힘들다고 타박하고 짜증을 내며 살아왔다. 지금 그때의 일이 생각나는 것은 그리움이 있기 때문일까. 시끌벅적한 세일 행사 좌판에서 식구들의 옷가지를 고르며 거저 얻는 기분 뒤에 싸구려만 찾는 내 초라함에, 남편이 사업의 어려움을 얘기하며 슬며시 나의 무릎을 벨 때는 절망감으로 일상이 어두웠는데 이제 생각해 보면 초라함과 근심이 아닌 행복이었지 싶다. 식구들의 안위를 챙기고 남편이 털어

놓고 이야기해 주는 믿음이 얼마나 고마운가. 그때는 젊음의 치기와 오만으로 곁에 있는 행복을 주우려 하지 않았다.

삶이란 것에 조금 감을 잡은 인생의 막바지 언덕에서 무거운 욕심을 버리고 가볍게 하차하고 싶다. 창으로 스며드는 부드러운 햇살을 보는 것도, 젊은 날 좋아했던 음악이 흐르면 잠시 그때를 추억하는 것도, 아직 다리 힘이 좋아 산을 부담 없이 오를 수 있는 기쁨도, 나이든 아들의 결혼을 걱정하던 친구가 살며시 건네준 청첩장과 그래서 뭘 입고 갈까 옷장 문을 열고 이것저것 챙겨보는 사소한 일상들에서 행복을 느끼며 살고 싶다. 이렇게 사위가 고요한 시간에 글을 쓰고 있다는 일만으로도 중년의 무료한 시간을 보내기에 얼마나 다행한 일인가. 일상의 소소함 속에 숨겨진 기쁨을 이제는 행복바구니에 담으며 살려고 한다.

그러나 가끔은 기적 같은 행운이 일어나길 바란다.

촌각을 다투며 사경을 헤매는 환자들과 아기를 갖고 싶어하는 젊은 새댁들과 네잎클로버를 열심히 찾던 노인에게 행운이 찾아와 그들이 소망하는 행운을 잡았으면… 하는 기도 같은 바람 말이다.

작가의 힘

4월의 싱그런 봄바람 속에서 로만가도를 타고 찰스부르크로 가는 중이었다. 왼쪽으로는 햇빛을 받아 반짝이는 다뉴브 강 위로 유람선이 한가히 떠가고 오른쪽으로는 낮은 구릉에 띄엄띄엄 나타나는 마을이 그림처럼 아름다웠다. 로만가도를 달리다 보면 군데군데 중세기의 고성과 마을이 있어 관광객을 많이 본다.

가는 도중에 스피츠(spitz) 마을에 들렀다. 옛 모습을 고스란히 간직한 작고 아담한 마을이었다. 교회 앞마당에서는 유아세례가 진행되고 있었는데 성모상 앞에서 아기를 안은 엄마의 얼굴에 행복이 가득하고, 성호를 그어주는 신부님의 눈빛은 사랑이 가득 담겼다. 강보에 싸인 아기는 편안하게 잠자고 있고 축하객들이 아기의 곁에서 서로 감사의 기쁨을 나누고 있다. 한가하고 평화스런 광경이다. 먼발치서 나도 축하의 미소를 보냈다.

달착지근한 감상에 젖은 우리는 카페에서 커피를 주문했다. 한 모금의 커피에 나른한 행복을 느낀다. 선불을 받은 카페주인이 거스름돈을 잘못 줬다고 미안해하며 금방 구운 쿠키를 가지고 왔다. 정직한 사람이 만든 것이어서인지 맛이 좋았다. 여행이란 이렇게 생각지도 않은 곳에서 따스함을 느낄 수 있어 참 좋다.

얼마 후 멜크 사원에 도착했다. 소설 ≪장미의 이름≫로 유명한 이 사원은 중세의 어둡고 암울한 분위기와 수도원의 감추어진 비밀과 끔직한 살인사건으로 우중충하게 묘사된 곳이다. 그러나 눈앞에 나타난 사원은 밝고 화려하며 웅장한, 소설 속 분위기가 조금도 없는 아름다운 사원이었다. 작품 속에서는 벼랑 끝에 자리하여 산 속을 구불구불 돌아 험난한 길로 들어가는데 잘 정비된 진입로 덕분에 지금은 넓은 대로로 차가 사원 앞까지 갈 수 있었다.

멜크사원은 바베 베르크 왕가의 궁전이었는데 후에 베네딕트 수도회에 기증하여 수도원이 되었다. 몇 번의 화재로 복원 개축된 건물은 옛 모습과는 다르게 꾸며졌다고 한다. 성스런 사원 분위기 보다는 궁전 같은 이미지가 더 강해 지금은 왕실과 귀빈들의 만찬 장소와 콘서트홀, 또는 화가들의 전시장으로 활용된다고 한다. 그러나 중세기 초기에는 베네딕트 수도원으로 유럽 최대의 바로크 양식 건축으로 아름다움과 희귀한 장서로 유명한 곳이었다.

교회 안은 옛날의 영화를 간직한 화려한 보물들이 많이 전시되어 있었다.

작품 속의 장서관 모습이 떠올라 도서관을 관심 있게 보았는데 너무 낡아서 책표지 글씨도 선명하지 않고 진짜인지도 의심스러웠다. 보존할 가치가 있는 중요한 책들은 이미 박물관으로 가져갔을 것이고 여기에 있는 것들은 복제품인 것 같았다.

'장서관은 미로 속으로 들어갔는데…' 작품 줄거리를 생각하며 이곳저곳을 둘러보는데 어찌 좀 싱거웠다. 소설에서처럼 어둡고 음침한 분위기는 없었는데 작가의 치밀한 구성에 감탄했다. 책을 좋아하는 남편을 모델로 기념사진을 찍었다.

관람을 하고 밖으로 나오니 봄 햇살에 눈이 부셨다.

작품의 배경이 된 시약소, 외양간, 돼지우리들은 간데없고 아름다운 정원과 웅장한 성채가 언덕 위에 장엄히 서 있을 뿐이었다. 정원 한쪽에서는 현대화가의 조각 작품이 전시되고 있는데 커다란 유리구(琉璃球) 안에 강렬한 원색으로 동화 속 주인공들의 표정과 동작을 일러스트로 그려 넣었는데, 유리가 렌즈 역할을 해서 그 표정이 아주 익살스럽게 보였다.

영화나 소설이나 감동을 받으면 그 배경이 되었던 곳에 가보고 싶어진다. 어떤 장소와 사건들이 있었기에 좋은 작품이 나올 수 있었는지 궁금해서이다.

최인호 선생은 수덕사의 오래된 거문고와 만공 스님과 경허 스님이 지녔던 염주, 이런 것들을 소재로 하여 장편소설 ≪길 없는 길≫을 썼다. 나는 이 책을 읽고 몇 번 수덕사로 거문고를 보러 갔었다. 거문고의 뒷면에는 고려 공민왕이 소장했던 것이라고 쓰여 있다. 두 선사가 입었던 낡은 법의도 있었고, 소재가 되었던 염주도 있었다.

낡고 해진 물건들을 보고 사물에 의미를 부여하는 예리한 눈과 풍부한 감성, 해박한 지식, 잘 짜여진 치밀한 구성 속에 사건을 끌고 가는 필력은 작가의 힘이다.

움베르트 에코 역시 멜크사원에 희귀한 장서본이 많이 있다는 것과 중세기의 교회 부패와 수도자들의 부정을 꼬집어 이 사원을 무대로 하여 ≪장미의 이름≫을 완성시켰다. 무에서 유를 창조하듯 사건 하나라도 흘려 스치는 것이 아니라 자료를 수집하기 위해 현장을 답사하고 창작에 대한 열정과 피나는 노력, 고집스런 집념과 인간에 대한 끊임없는 연민과 고뇌 등 작가 자신과의 싸움에서 이겨야 결국은 좋은 작품들이 생산된다.

나에게는 도를 닦는 이야기처럼 들린다. 요즈음 책을 읽는 사람보다 글을 쓰는 사람이 더 많다는 이야기에 민망하여 글 쓰노라고 말도 못하는 형편인데 이러한 작가들의 작품을 만나면 나는 한없이 작아진다. 글을 쓴다는 것이 욕심만으로 되는 것은 아니다.

헌데 어쩌랴, 욕심만이 발동하는 것을. 산고의 진통만큼 힘들다
고 하는데 그 만큼의 진통을 겪었는가. 이렇게 쓰고 있는 나의
졸필도 부끄럽기 한량없다.
　멜크 사원은 햇살에 눈부시게 빛나는데 내 마음은 숙제를 한아
름 안은 학생처럼 무겁기만 하다.

생강나무의 함성

일요일 오후 덕수궁 문 앞이 시끌시끌하다. 많은 사람들이 북적거리는 시청 앞이라 그러려니 했더니 한 무리의 사람들이 궁 앞에 앉아서 구호를 외치며 시위를 하고 있었다. 어느 기업에서 정리해고를 했는데, 일터를 잃은 사람들이 전원 복직을 주장하는 시위였다. 많은 인파가 오가는 시내 한복판에서 여론몰이를 하는 전투적 자세이다. 시위꾼들은 삶의 막다른 길목에서 몸부림을 치고 있었다.

몇 년 전 늦가을, '생명의 숲'에서 하는 간벌 작업행사에 참석했다. 미리 숲 속에서 전문가들이 베어내야 할 나무에 표시해 둔 것을 회원들이 장비를 가지고 자르는 것이다. 대상이 된 나무들은 수형이 좋지 않은 상태이거나 원목(原木) 옆에 맹아줄기로 나온 것, 또는 병든 것 등등으로 다시 말해 나무로서 큰 가치가 없는 것들이다. 실한 것만 남겨서 서로의 간격을 주어 햇빛도 넉넉하게 받고 양분도 충분히 흡수할 수 있도록 해 주려는 것이다. 간벌 대상이 되는 나무는 주로 생강나무였다. 톱으로 자르고 토막을 내서 지정한 곳에 쌓아두면 나중에 수거작업을 하는데 땔감이나 기타의 용도로 쓰인다고 한다. 나무로서는 생사의 갈림길인 것이다.

군데군데 쌓인 벌목더미에서 생강나무의 함성이 들리는 것 같다.

간벌 충격이라는 말이 있다. 한꺼번에 너무 많은 나무를 잘라내면 숲의 생태계가 오히려 붕괴되고 강한 바람이 불면 힘의 분산이 되지 않아 나무가 쉽게 부러지고 비가 오면 토양에 받는 충격이 커서 산허리가 깎이는 현상이다.

잘려진 나무는 다른 나무와 똑같이 튼실한 겨울 꽃눈을 가지고 있었다. 이렇게 베어질 줄 모르고 제 할일은 다 해놓은 것이다. 봄이 되면 그 꽃눈들은 제일 먼저 매콤한 생강 맛을 풍기며 노란 꽃망울을 터트릴 것이다. 그 꽃눈들이 어찌나 실하고도 예쁜지 잘라내면서도 내내 마음이 편치 않았다. 꽃눈을 만들기 위해서는 여름부터 모든 에너지를 모아서 꽃눈자리로 보내고, 추위에 얼지 않도록 한 잎 두 잎 두툼한 잎으로 겹겹이 싼다. 꽃눈은 뽀송한 솜털로 뒤덮여 한 겨울의 추위를 견뎌내고 봄이 되면 서서히 움츠렸던 몸을 펴며 꽃을 피워낸다. 인고의 시간은 가고 환희의 비상으로 온 산을 노랗게 물들여 놓는 것이다.

이른 봄 앙상한 가지 채로 서 있는 나무들 사이사이로 노랗게 보이는 생강나무 꽃은 어느 나무보다 부지런해 보이고, 아직은 냉기를 머금고 있는 숲속에 따스한 훈기로 잠자는 나무들을 깨운다. 어느 곳에서나 잘 자라고 다른 나무들 틈 속에서도 추위와 목마름을 잘 견디는 속성으로 우리나라 전역에서 볼 수 있는 흔한 나무이다. 그 열매로 짠 기름이 남쪽지방에서 자라는 동백 열매 기름과 같아 강원도 지방에서는 동백나무라고도 불린다.

'한창 피어 퍼드러진 노랑 동백꽃 속으로 푹 파묻혀 버렸다. 알싸한, 그리고 향긋한 그 냄새에 나는 땅이 꺼지는 듯이 온 정신이 고만 아찔하였다.'는 김유정의 《동백꽃》에 나오는 그 동백나무. 이렇게 흔한 나무도 내가 처음 본 것은 몇 년 전 춘천의 김유정 문학관 뜰에서였다.

봄에 피는 노랑꽃으로 산수유나 개나리는 많이 보았지만 생강나무 꽃은 기억에 없어 병에 꽂아 놓으면 혹시나 꽃을 볼 수 있을까 해서 실하게 꽃눈을 달고 있는 가지 서너 개를 집으로 가지고 왔다. 거실에 두니 말라갈 뿐, 꽃을 피울 생각을 하지 않아 베란다한 구석에 놓았다. 줄기에 생기는 돌았으나 꽃눈은 아직도 앙다물고 있다.

식물에게는 광 주기가 있어 스스로가 꽃을 피우는 시기, 잎이 돋는 시기, 열매 맺는 시기, 생장을 멈추는 시기를 조절한다. 물리적 힘을 가해 억지로 꽃을 피우기도 하지만 어찌 자연 속에서 피어난 꽃만 하겠는가. 실내에 있어도 나무는 숲속에 있는 것과 같이 깊은 잠을 자고 있는가 보다.

어느 날, 문득 생강나무 생각에 베란다로 나가보니 그 사이 소리도 없이 꽃눈이 열려 있지 않은가. 먼발치에서 봄이 오는 소리를 들었나보다. 생명의 끈을 놓지 않고 힘겹게 버티어 온 시간을 작은 알갱이 속에서 허물을 벗듯 우주를 열고 있다. 순간 간벌해 놓고 온 많은 나무들이 떠오른다. 그것들은 어찌 되었을까.

생명이 연장될 수 있는 희비의 순간에서 간벌을 생각해 본다. 희생되는 것과 수혜를 받는 것. 자연 속에서는 약육강식, 적자생존이라는 법칙이 있다지만 희생되는 쪽은 슬프다.

간벌이 식물계에만 있는 것이 아니다. 정리해고 역시 경제활동의 간벌이라는 또 다른 이름 같다. 일터에서 신기술을 열심히 익히고 미래를 설계하던 노동자들이 하루아침에 직장을 잃게 되면 그 대상자는 삶이 무너진다. 회사의 운영상 어쩔 수 없는 일이라고 하지만 간벌 충격은 인간 사회에서도 일어날 수 있는 현상이다.

식물의 마구잡이 간벌은 자연의 재앙으로 돌아오고, 사람의 간벌은 개인의 삶을 황폐화시키며 사회를 혼란시킨다. 솎아내는 일에 앞서 서로가 같이 섞여 살 수 있는 상생의 기법을 찾아야 할 것이다. 목이 쉬도록 외치는 시위대가 생강나무가 되지 않기를 염원한다.

흔한 생강나무가 문학의 아름다운 장면의 배경이 되듯이 시위대들도 언젠가는 우리 경제의 요긴한 자양분이 될지 어찌 알겠는가. 경제발전 뒤에는 언제나 산업 역군이 있었다.

'먹구름 뒤에는 찬란한 태양이 숨어 있다'는 말이 생각나 그들 옆으로 다가갔다.

세상의 모든 딸들

"공주님이네요."

희미하게 귓전에 들려오는 소리였다. 십여 시간이 넘는 진통 끝에 새털같이 가볍게 내 품에 안긴 아기를 보면서 기쁨도 잠시 이 고통을 너도 겪어야 한다는 안쓰러움이 딸과의 첫 만남에서 든 기분이었다. 그 딸이 지금 둘째아이의 출산으로 힘들어하고 있다.

결혼 후 십년 만에 첫 아이를 낳고 그 아이가 세 살이 되자 동생이 생겨 모두 기뻐하였다. 그러나 딸은 자궁경관무력증으로 임신 기간 내내 유산의 불안을 안고 있어야 했다. 일상적인 활동도 못 하고 열 달 내 누워 있어야 하는, 그야말로 신세 편한 속의 불편함이었고 항상 조심과 긴장의 끈을 놓을 수가 없었다. 첫째 아이도 위험을 거쳐 출산했는데 둘째 아이도 또 힘들게 되었다. 보통의 경우에는 한 자녀로 단산을 한다는데 딸은 둘째도 낳겠다는 것이다.

이러한 상황이라 내 생활을 모두 접고 부산 딸네로 내려왔다.

밤이 되면 기도로 '오늘 하루도 무사히 보내게 되어 감사합니다.'라고 하루를 마감하곤 했다.

점점 불러오는 배를 보며 잘 견디고 있는 딸이 대견하기도 하지만 여자라서 고통받는 것이 안쓰러웠다. 갑자기 배가 아프다거나 이상 징후가 보이면 병원행도 여러 번, 식구들을 모두 긴장시켰다. 그래도 새 생명은 뱃속에서 태동을 하며 온전한 한 생명으로 여물어가고 있었다. 삼십 주가 넘어가면서 우리는 팔 주만 잘 버텨달라고 아기에게 속삭였다. 삼십팔 주만 되도 태아는 이미 완성되어 세상 밖에서 적응할 수 있지만 그 전의 출산은 여러 가지 어려움이 있다고 한다.

몸에 이상한 낌새가 보여 딸을 데리고 병원을 갔더니 입원을 하란다. 이제 삼십사 주인데 의사는 여러 가지 검사를 하더니 조금 이르지만 분만을 하는 것이 산모나 아기에게 좋은 방법이라고 한다. 딸은 아기가 다 자라지 못했으니 버틸 수 있으면 더 버텨보겠다고 애원을 한다. 제 위험도 불사하며 아기의 온전한 모습을 바라는 마음, 인큐베이터보다는 엄마의 뱃속에서 하루라도 더 머물게 해 주고 싶다는 어미의 심정일 게다. 이렇게 해서 이른둥이로 둘째 손자가 태어났다. 2.7kg로 비교적 건강하게 태어났지만 폐가 덜 성숙되어 인큐베이터 속에서 주사를 맞아가며 정상아기가 되기를 기다려야했다.

2.5kg의 가냘픈 모습으로 십오 일 만에 집으로 왔다. 면역력이 약한 아기이기에 정상아보다 더욱 각별히 신경을 써야했다. 처음 목욕을 시키려는데 가냘픈 팔과 다리를 어떻게 씻겨야 할지 손이 떨렸다. 감기에 걸려 병원도 두세 번 다녀왔다. 어린 생명에게 약을 먹일 때는 가슴이 아팠다.

정기검진 날에 모두 정상이라는 의사의 말에 그간의 힘들었던 것이 눈 녹듯 사라졌다. 이제 그 아기가 생후 삼십오 일이 되었다. 몸무게도 3.6kg, 신생아 망막증 검사도 모두 정상이라는 결과에 마음이 놓인다.

요즈음 낮과 밤이 바뀌었다. 낮에는 잘 자고 밤에는 자지 않고 보채어 어미가 안고 꼬박 밤을 샌다. 아침에는 파김치가 되어 아기와 함께 쓰러져 자는 것을 보면 딸이 갓난아기일 때 애먹이던 생각이 난다. 한 생명이 온전하게 자라기 위해서는 어미의 희생이 따른다. 나의 어머니가 겪으셨던 고통을 내가 겪었고 나의 딸이 겪어야 하는, 여자이기에 그 숙명을 비껴 가지 못하니 어찌 거역하겠는가.

수년 전에 읽은 ≪세상의 모든 딸들≫(엘리자베스 마샬 토마스 지음)이 떠오른다. 너무 오래되어 구체적인 내용은 기억이 안 나지만 그 중에 마음속에 남은 내용이 있었다. 구석기시대의 원시적 생활을 하던 부족들의 이야기 중에 주인공 여자가 아이를 낳기 위해 부락에서 조금 떨어진 동굴을 찾아간다. 적당한 장소에 마른 나뭇잎을 깔고 돌봐주는 사람 없이 고통과 아픔으로 사경을 헤매다 딸을 낳았다. 꺼져가는 의식을 추스르며 갓난 딸에게 이렇게 말한다.

"여자란 이렇게 살다가 죽는 거란다. 너도 언젠가는 자라서 어머니가 되겠지. 남자가 오두막을 지배해서 여자보다 월등히 위대한 것 같지만 사실은 그렇지 않아. 남자가 위대하다면 여자는 거룩하단다. 왜냐하면 모든 딸들이야말로 결국 이 세상 모든 사람의 어머니이기 때문이지…."

생물이 세상에 나타나서 암, 수로 갈라진 후 생명의 잉태라는 거대한 과제는 수천 년이 지났어도 변하지 않는 숙명을 안고 살아왔다. 과학이 발달하고 의술이 발전되어 좀 더 위생적이고 좀 더 고통스럽지 않게 분만할 수 있다지만, 잉태에서 출산까지 몸속에서 일어나는 생명의 신비함은 변한 것이 없다. 어미의 크고 작은 감정의 변화를 고스란히 느끼며 어떤 실수도 금방 알아차리는 영민한 태아를 어찌 생명이라고 하지 않을 수 있는가. 세상의 모든 어머니들은 그 어린 생명의 씨앗을, 안고 보듬어서 온전한 인격체로 세상 밖에 내놓을 때의 감격과 경외심을 말로 표현하지 못하고 눈물로 대신한다. 이것을 누가 대신해 줄 수 있겠는가.

아기를 끌어안고 곤히 자는 딸의 모습에서 나의 첫 출산 때가 떠오르고 돌아가신 어머니 생각도 난다. 어머니도 나를 낳으시며 그 고통을 홀로 삭이셨겠지.

'신은 모든 곳에 있을 수 없기 때문에 어머니를 주셨다'고 탈무드는 말한다.

어머니의 정기가 맑고 사랑이 온유하면 세상은 더 밝고 아름다워질 수 있을 것이다. 태교 때의 초심을 잊지 않기를 바라면서 세상 모든 딸들의 거룩한 임무와 권리를 위하여 경배할지어다.

천평칭의 상징

독일을 여행했을 때, 로텐부르크 마을을 관광한 적이 있다. 우리 민속촌과 같은 곳으로 중세기 모습이 고스란히 남아 옛것을 보는 곳이다. 그 중에서 제일 인상적으로 본 것은 범죄 박물관이었다.

중세기의 재판 기록과 죄인들의 고문기구들이 전시된 곳으로, 건물도 외진 곳에 있고 이끼 낀 화강암 위로 담쟁이덩굴이 친친 감고 있어 느낌부터가 으스스했다.

혼자였다면 들어가지 못할 것 같았다. 남편 곁에 바짝 붙어 긴장하며 들어가니 단두대가 보였다. 위에 걸쳐 있는 칼날 아래는 목둘레에 맞게 홈이 파여 있어 칼날만 내리친다면… 수백 년이 지나고 녹슬었지만 서슬이 퍼렇게 살아 있어 보였다.

전시 효과를 내기 위해 어둑하게 해 놓은 조명과 서늘한 실내가 움츠려진 마음을 한층 긴장시켰다. 각종 재판 기록과 고문기구들이 음산하게 진열되어 있었다.

날카로운 칼과 송곳들이 박혀 있는 둥근 나무통, 이 속에다 죄인을 넣고 돌렸다고 한다. 길고 뾰족한 못과 칼을 수없이 박아 놓고 죄인을 위에서 내리친 형틀, 사방에 쇠못을 박아 놓고 앉혀 고문한 의자, 쇠로 만든 조롱이같이 생긴 큰 원통, 이 속에 죄인을 넣고 마을로 조리를 돌리면 사람들이 돌팔매질을 했다고 한다, 전쟁터로 나가면서 부인을 믿지 못하여 채워놓고 간 쇠로 만든 정조대, 축구공 크기의 쇠로 만든 공, 이것은 죄인의 발에 채워 물속에 빠뜨릴 때 쓰였다고 한다. 이외도 다 열거할 수 없는 별별 고문기구들이 많았다.

처형 방법도 끔찍하였다. 마녀는 화형에 처하거나 냄비구이 형벌이라는 뜨거운 냄비 속에 넣어 찜 쪄 죽이기도 했는데, 목을 베어 죽이거나 거꾸로 매달아 굶겨 죽이는 것은 가벼운 형벌에 속했다고 한다.

이러한 고문을 받던 죄인은 어떤 죄를 저지른 사람들이었을까. 살인자일까, 역모를 꾀한 죄인일까. 그런데 놀랍게도 그들은 기껏해야 다른 종교를 가졌다는 것과 가난하고 힘없는 과부들을 마녀로 몰아세웠거나, 춤을 추고 놀았다거나, 주일에 교회를 나오지 않았다거나, 설교시간에 웃었다거나, 일을 하지 않고 게으름을 피웠거나 도둑질한 사람들이었다고 한다.

유럽의 중세기는 기독교의 세상이었다. 성직자가 최고의 권력을 가지고 다스렸던 시대이다. 기독교의 이념과는 먼 독선과 부정부패가 극심했던 시대이기도 했다. 교회 안에서는 성직자가 절대 권력자였으니 누구도 감히 그 부패를 들먹이지 못했다. 종교재판이 열리고 마녀사냥이 자행되는, 인간으로서는 도저히 이해가 안 되는 끔직한 고문들이 이 기구들을 사용하여 무고한 사람들에게서 허위 자백을 받아냈다고 한다. 법을 집행한 관리들이 성직자가 대부분이었다 하니 종교가 과연 무엇일까.

아직도 형틀에 남아 있는 검은 핏자국을 보니 소름이 끼쳤다.

중세기를 왜 암흑기라고 불렀는지 알 것 같다. 인권이 유린당하고 이성이 마비되어 과장된 종교의식과 부정과 비리를 일삼는 권력자들 틈에서, 숨도 제대로 쉬지 못하고 살아갈 수밖에 없는 세월 때문이 아니겠는가.

제대로 눈여겨보지도 못할 정도로 비인간적인 고문기계들과 진실이 은폐되고 조작된 판결문들을 보면서 이것들을 공개하는 이유가 무엇인가를 생각해 보았다.

시대의 잘, 잘못을 고발하고 반성함으로 보다 나은 인간 사회를 구현해 보려는 노력이 아닐까? 어두운 그림자를 보면서 문명과 문화는 끝없이 진보와 발전을 거듭해왔다. 중세기 보다 훨씬 문명화된 지금의 법정은 어떨까?

모 방송국의 시사프로그램에 잘못된 조사과정으로 92일간의 옥살이를 하고 나온 피해자 이야기가 나왔다. 위압적인 경찰의 조사에 힘없는 사람이 당한 이야기다. 다행히 진실이 밝혀져 누명은 벗었지만 그간의 고초와 망가진 인간의 존엄성은 어떻게 보상을 받아야 할까.

오심으로 회복될 수 없는 삶을 살았다면 얼마나 기막히고 억울한가. 어떠한 대가로도 그 상처는 치유될 수 없다.

먼 훗날 우리의 미래인들이 오늘의 재판기록을 보고 지금 내가 느끼고 있는 감정을 받는다면 얼마나 부끄러운 일인가.

법의 존엄함과 엄중함을 위해서는 사건의 진실과 공평한 재판은 꼭 이루어져야 할 것이다.

가끔 법원 청사 앞을 지날 때가 있었다.

위엄과 존엄이 공존하는 그 건물은 같은 높이의 두 건축물이 약간의 사이를 두고 나란히 H자 모형을 하고 있다 그것은 평형을 원칙으로 하는 천평칭을 상징함으로, 법과 재판은 만인에게 공정과 공평함을 원칙으로 한다는 거룩한 이념을 나타낸다고 한다. 과연 이 속에서 판결되는 모든 재판들이 공정하게 이루어질까. 벌을 주는 장치보다는 진실되고 공정한 재판이야말로 진정한 법

치국가의 이념일 것이다.

　오심에 대해 보상이나 하고 건물을 상징화시켰다고 법이 존엄화되지는 않을 것이다. '법 앞에 만인은 평등하다'는 명언이 한낱 현수막의 글귀가 되지 않기를 바라는 마음이다.

세월

해운대에는 '달맞이 길(Moontan Road)'이 해안선을 끼고 울창한 송림과 동백나무의 숲 사이로 오밀조밀하게 조성되어 있다. 언덕 위로는 '부산의 몽마르트'라고 불리는 이국적 카페와 갤러리, 레스토랑이 줄지어 있고, 산책로는 굽이질 때마다 숲 사이로 보이는 환상적인 바닷가 경치로 많은 사람들이 이곳을 찾는다. 특히 정월 대보름달을 이곳 정상에 있는 해월정에서 보는 것이 부산팔경의 하나라고 한다.

추석날, 달맞이 길에 나섰다. 북적대는 인파 속에 휘영청 둥근 달이 하늘 높이 떠올랐다. 맑은 하늘 덕분에 중천에 뜬 달은 한층 더 고고하고 청아하다. 달빛이 파도 따라 너울거릴 때는 마치 발레리나의 춤사위 같다.

달빛의 가장 아름다운 것이 월주(月舟), 월탑(月塔), 월파(月波)
라더니, 먼 곳에 정박되어 있는 배의 깜빡이는 불빛과 어울린 월
파의 모습은 고요하면서 가슴속 깊은 곳에 숨어 있던 추억에 울림
을 주었다. 숨죽여 감상하니 시공을 뛰어 넘어 이태백이 달 잡으
러 강물 속에 뛰어 든 모습도 보이고 수년전 문우들과 함께 본
경포대 달맞이 여행의 기억도 떠오른다.

바다와 달빛, 테마를 정하고 떠난 문우들과의 여행이었다. 어둠
이 내릴 즈음 경포대에 도착했다. 정자에서 달빛을 감상하며 한
잔의 술을 마시고, 옛날 묵객들이 느낀 것처럼 님의 눈동자 속의
달도 보고 술잔 속의 달도 느껴보리라 했다. 그런데 '야간에는 정
자의 조명시설 관계로 출입을 금함'이란 팻말에 실망이 이만저만
이 아니었다. 노송 가지 너머로는 유백색의 둥근 달이 차갑게 걸려
있었다. 경포호는 정월의 싸늘한 냉기를 안은 채 수척해 보였다.
잔잔한 수면 위로 음식점의 현란한 네온 빛이 일렁거려 어느 것이
불빛이고 달빛인지 분별할 수가 없다. 달맞이의 정취는 이제 옛이
야기가 되었나보다. 하늘에 떠 있는 달 하나만 보고 돌아왔다.
　아침식사를 마치고 대나무 숲을 산책했다. 바람에 비벼 대는
댓잎소리가 스산하다. 멀리 보이는 망망 바다를 바라보며 흘러간
시간들을 생각해 보았다.

내 안에서 댓잎 바스러지는 소리가 들린다.

어두운 기억 하나가 가랑잎 되어 떨어진다.

갑작스런 큰오라버니 내외의 죽음으로 졸지에 고아가 된 조카의 부양 문제로 이런저런 의견 마찰 때문에 작은오라버니와 등을 돌렸다. 처음엔 오라버니가 미워서, 다음엔 어쭙잖은 자존심 때문에 지금까지 타인 같은 관계로 지내고 있다. 자식들이 결혼을 하여 한 일가를 이루고 나니 이 처신 또한 보이기 부끄럽다. 그때의 내 마음이 아마도 저 댓잎소리보다 더 스산스러웠고, 겨울바다보다 더 차가웠나보다. 이제 와 후회한들 흘러간 시간들은 되돌릴 수가 없다. 가슴속에 회한의 흔적만 남길 뿐이다.

숲 속을 빠져나오자 확 트인 광장이 보인다. 야외 가설무대다. 텅 빈 객석 앞에서 우리만의 라이브 콘서트를 열었다. 제일 연배이신 K선생님이 자발적으로 무대에 올라 감정과 흥을 섞어 가며 구성지게 흘러간 옛 노래 〈황성 옛터〉를 불렀다.

S선생님은 학창시절 즐겨 불렀다는 〈사우(思友)〉를 열창했다. 우리는 돌아가면서 자기만의 18번을 멋지게 불렀다. 우리가 부른 노래는 가 버린 젊음과 시간을 아쉬워하는 노래들이었다. 그동안 풀어놓지 못한 끼 풀이일까. 나름대로 가슴속에 담아 두었던 이야기를 이렇게나마 풀어낸 듯하다. 지나가는 사람들이 보면 우스운 광경이지만 우리에게는 떠나가는 젊음과 보내고 싶지 않은 속내

와의 줄달음이며, 가버린 세월에 대한 연민이었다. 젊은 날의 꿈
과 회한이 세월 속에 묻혀가는데 가슴속에서는 아직 그 끈을 놓고
싶지 않은 것이다.

교교한 달빛 아래서 상념에 젖은 나를 남편이 물끄러미 쳐다본
다. 달빛 등진 남편 어깨위로 우리의 사십여 년 같이 한 세월의
그림자도 일렁이고 있었다.

색의 마술

오월의 끝자락, 진열장 속의 마네킹은 벌써 시원한 수영복을 입고 바다를 유혹한다. 짙푸른 청색 위에 휙 한 줄기 그어 놓은 하얀 선이 때 이른 더위에 지친 사람들에게 시원한 청량감을 준다. 사람들의 옷 색깔도 푸른색이 눈에 자주 띈다.

도로 갓길 공사장의 가림막 그림 중에는 녹음 우거진 숲 그림이 많다. 공사로 인해 보행에 불편을 느끼는 행인들에게 푸른 숲 그림으로 마음을 안정시키고 편안함을 유도하려는 공사측의 전술인 셈이다.

요즘 색채학에 대해 많은 정보들이 눈에 띄는데 색채심리학, 색채치료 등이 그것이다. 색이 사람에게 미치는 영향을 연구하여 색깔로써 질병의 원인도 밝혀내고 치료도 한다. 이렇듯 색에 따라 다양한 반응을 하는 인간심리를 응용한 연구들이 인정을 받고 또 학문으로 이어지고 있다.

넘쳐나는 매스컴의 홍수 속에서 빠르고 강렬하게 자신을 홍보하려면 색깔만큼 효과적인 것이 없다고 한다.

그래서 선거철에는 각 정당마다 선택한 색깔로 유니폼을 입고 선거운동을 한다. 새누리당은 빨강색으로 자신감과 열정, 활동성과 긍정적 이미지를 유권자들에게 무의식적으로 정당의 이미지를 부각시키려 했고, 민주통합당은 노랑색으로 밝은 미래의 희망과 국민과의 소통을 이미지화하려 했다.

선동과 파괴, 전쟁으로만 인식했던 빨강색이 월드컵 때 등장한 붉은악마 덕분에 희망과 정열, 자신감으로 우리에게 새롭게 다가왔다.

박근혜 대통령은 여자로서의 색채 선택의 다양함을 살려 그가 참석하는 장소에 따라 옷의 색깔을 선택해서 입는다고 한다. 회색의 정장차림은 신뢰와 존경을, 카키색은 의지력과 단호함과 안정을, 보라색은 여성스러움과 우아함을, 화려한 한복으로는 행복한 미래 희망을 색의 이미지로 보여준다고 한다.

나도 색채의 마술에 걸린 적이 있었다.

오십 고개를 넘으면서 매사에 자신감이 없어지고 좋은 것을 보아도 별로 즐겁지 않았다. 그저 두 손을 놓고 시간만 축내고 있었다. 주위에서는 누구나 그 나이쯤에는 겪는 일이니 마음을 밝게 가지라고 권하고 있었다. 이런 상태가 지속되다보니 겁이 났고 어서 빨리 침체의 늪에서 헤어나고 싶었다.

기분을 전환시켜보려고 백화점으로 쇼핑을 갔으나 화려한 진열장과 활기찬 매장 속에서도 마음은 밝아지지 않았다. 그때 나의 시야를 강렬하게 사로잡는 빛깔이 있었다.

빨강색 투피스, 마음에 드는 디자인은 아니었지만 그 옷이 눈에 들어왔다. 무엇에 홀린 듯 주저 없이 샀다.

집에 와서 입어 보았으나 강렬한 빨강색에 내 자신이 주눅이 들었다. 그런데도 거울에 비쳐진 모습은 산뜻해서 마음에 들었다. 사람들은 흔히 빨강색 옷을 상하로 입지 않는다. 젊지도 않고 멋도 부릴 줄 모르는 평범하기 짝이 없는 내가 빨간색 옷을 입고자 했으니 큰 용기가 아닐 수 없었다. 몇 번의 망설임 끝에 입고 외출을 하였다. 걸음걸이도 경쾌해야 할 것 같고 표정도 환하게 지어야 할 것 같았다. 빨강색 옷을 입었으니 늘어진 행동은 안 어울리기 때문이다. 그러다 보니 마음이 점점 밝아지고 무슨 날개옷인양 발걸음이 가벼웠고 사람들이 쳐다보는 것도 싫지 않았다. 그 옷만 입으면 생기가 나고 기분이 좋아졌다. 빨강색이 나에게 마술을 건 것 같았다.

나이가 듦에 따라 옷의 색깔이 변하는데 갈수록 환한 색을 선택하게 된다. 추레함과 소극적인 모습을 조금은 감추고 싶은 심정이어서 그러할 것이다.

어느 날 친구들과의 여행에서 숙소를 정하고 식사 후 산책을 하자 했더니 입고나온 간편복들이 농도만 다를 뿐 모두들 빨강색 계통이었다. 우리는 자신도 모르게 빨강색의 위력으로 늙어가는 모습을 포장하고 있었던 것이다. 그 후 진달래부대라는 별명을 얻었지만 어쨌거나 이 나이에 자신감과 열정을 갖고 싶다는 것은 모든 또래의 기원 아닐까.

또 다시 빨강색의 마술에 걸려보고 싶다.

Chapter **2**

햇볕 훔치다

차 한 잔의 여유

아침을 먹고 나면 커피를 마신다. 쌉쌀하면서도 달콤한 액체가 추억의 한 장면을 떠올리며 가슴으로 스며든다. 에스프레소를 마시며 남편과 나는 지구의 저쪽, 잔잔한 아드리아 해 물빛을, 그 위로 찬란히 쪼개지는 여름의 태양을 그리워한다. 민망함 없이 아슬아슬한 차림으로 햇빛 속을 뒹구는 사람들. 거침없이 대로에서 입맞춤하는 남녀. 한 모금의 미감 속에 미켈란젤로의 피에타가 보이고, 퍼져가는 향 속으로 로마의 어느 골목을 걷고 있다.

커피 마시기를 성년이 되고부터 시작했으니 아마도 사십 년은 훌쩍 넘은 듯싶지만 참 맛은 아직도 모른다.

다만 습관적으로 식사 후에 한 잔으로 입가심을 할 뿐, 특별한 욕구라든가 기호품에 대한 열망은 그다지 느끼지 못하고 있었다.

큰딸이 이탈리아에 둥지를 튼 덕분에 몇 달 그곳에 있었다. 가끔 사위가 에스프레소커피를 만들어 줬다. 에스프레소는 몹시 쓰고 진하다는 선입견에 잘 먹지 않았는데, 이것은 쌉쌀한 맛이 강하면서도 뒷맛이 깔끔했다.

로마를 관광하는 도중에 가이드가 이곳에 아이스크림과 커피가 맛있는 집이 있으니 안내하겠다며 데리고 갔다. 젊은 사람들은 아이스크림 쪽으로 갔고 우리 부부는 커피 쪽으로 갔다. 우리 돈으로 1500원 정도면 에스프레소를 마실 수 있었다. 앙증맞게 작은 잔에 커피는 반밖에 들어 있지 않았다. 너무 적게 주는 양을 야박한 인심으로 돌리고 한 모금 마셨다. 혀끝에 전해지는 맛, 이걸 감미롭다고 말해야 할까, 단맛인가 하면 쓴맛이, 쓴맛인가 하면 커피 특유의 향이 입 안 가득 퍼지는데, 느낌이 풍성해지며 아련해진다. 두 모금에 다 마시게 되니 그 양의 서운함이란…. 이렇게 향이 좋고 맛있는 커피는 처음이었다.

그 후, 그 맛을 잊지 못해 에스프레소를 먹기 시작했다. 손쉽게 만들 수 있는 모카(moka) 포트에 최고의 맛과 품질로 이름난 일리(illy)커피로 만들었으나 집에서 끓이는 맛은 그런 맛이 안 났다. 역시 전문적인 바리스타의 손맛이어야 하는지.

딸이 사는 곳이 이태리 명품 커피 일리를 만들어 낸 프란체스코 일리(francesco Illy)의 고향인 트리에스테(Trieste)이다. 이곳에서

일리는 에스프레소를 최고의 맛을 낼 수 있는 커피 기계와 100%
아라비카 원두로 일리 커피라는 명품을 만들어 냈다.

이 도시 사람들이 얼마나 커피 맛에 연연하는지 가사도우미가
처음 오면 모카포트부터 씻어 보라고 준단다. 어느 집에서 외국인
도우미가 포트를 깨끗이 씻었더니 해고해 버렸단다. 물로만 헹궈
내야 하는데 수세미로 코팅을 벗겨냈으니 그 정도의 문화상식도
모르냐는 것이었다. 이곳 사람들의 모카포트 속은 마치 때가 낀
것같이 거무죽죽하다. 오랜 세월 동안 커피의 기름으로 포트 안이
코팅이 되어 버렸다. 그래야만 커피 맛이 제대로 난다나. 로마에
서 먹었던 그 맛을 낼 수 없어도 풍부한 향과 깊은 맛은 어느 커피
에서도 맛볼 수 없는 느낌이다.

아침마다 한 잔의 커피를 마시며 공유할 수 있는 추억에 남편과
눈을 맞추며 붉은 파라솔이 인상 깊던 카페를 떠올린다. 성당 앞
에서 아베마리아를 부르던 성녀가 그리워지며 어느새 추억은 커
피 향에 물든다.

그 짧은 차 한 잔의 여유는 무덤덤한 남편의 감성을 깨워주고
소원했던 대화의 마중물이 되어 우리의 남은 삶을 부드럽고 깊은
향기로 채워 줄 것이다.

신의 선물

5월 31일, 가랑비가 내리고 있지만 먼 하늘은 환하게 개이고 있다.

오늘은 이탈리아의 북부에 있는 후리울리 베네치아 줄리아 주 (Friuli Venezia Giulia)에 있는 200여 개의 와이너리(와인 양조장)가 모두 개방하여 일반인에게 선 보이는 날이다(정식명칭: Cantine Aperte). 단 하루, 주인이 직접 나와서 시음자에게 와인을 따라주고 제조과정, 저장 등 모든 것을 알리고 관람시켜 주며 자기네 와인을 홍보한다.

우리는 적당한 곳 다섯 군데를 선택해서 돌아다녔는데 가는 곳마다 많은 사람들이 시음을 하고 있었다. 개방하는 양조장마다 그 나름대로의 대표 상품이 있었다.

와인의 맛을 결정하는 데는 포도의 품종, 생산지, 빈티지(포도의 수확연도), 양조자 등 네 가지 조건으로 이루어지는데 특히 양조자의 개성에 따라 독특한 맛이 나온다고 한다. 원료인 포도도 와인용과 식용이 다르다. 척박하고 메마른 땅에서 자란 포도가 더 진한 맛을 낸다고 한다. 생존의 위기를 알고 뿌리를 더 깊숙이 내려 물과 다양한 영양을 흡수한 열매는 와인의 맛을 깊고 풍부하게 만들어 최상의 상품으로 탄생된다고 한다. 인간사에서도 어려움을 견디고 성공한 삶이 가치가 있듯이 포도 역시 고난의 시간을 충분히 보상받고 있다는 생각이 든다.

와인을 실컷 마실 수 있고 안주로 따라 나오는 치즈가 일품이어서 시음자들은 신이 났다. 술맛을 모르는 나는 치즈가 더 좋았다. 레드와인은 떫은맛이 나지만 화이트와인은 떫은맛이 없어 주로 화이트와인만 마셨다.

다섯 곳 중에서 로사쬬수도원의 와이너리가 제일 인상 깊었다(Vinai Dell'abbate Abbazia Di Rosazzo). 야트막한 산의 경사면을 정리하여 계단식 농장을 만들어 산 전체가 포도밭이었다. 가운데에는 아름다운 집이 들어앉았는데, 그곳이 와인을 만드는 곳이다. 유럽의 와이너리는 오랜 역사를 가지고 있어 고풍스런 집과 주위의 풍경으로 마치 어느 유적지의 성채 같은 느낌을 준다. 특히 로사쬬수도원은 산의 정상에 자리 잡아 위에 올라가 보니 아래로 펼쳐지는 포도밭이 그림 같다. 비가 개인 하늘은 투명하여 먼 곳의 풍경도 또렷이 보이는데, 산 전체를 덮은 포도나무로 보기만 해도 취할 듯하다.

천이백 년 전 수도자들이 이 마을의 고요함과 아름다움에 취해 동굴과 교회를 지어 수행하면서 포도주를 만들어 미사에 사용했다고 한다. 그런데 그 맛이 좋아지자 점점 생산량을 늘려 16세기 때는 베네치아 통령(수상)이 제일 좋아하는 와인으로 명성을 떨쳤으며, 수도원의 재정도 메꿔 주었다고 한다. 지금은 개인 사업으로 전환되었다.

수도원의 분위기는 고즈넉했다. 수도사들이 수행하는 본채는 출입이 금지되어 아쉬웠다. 긴 세월을 지탱 못하고 허물어진 담 옆으로 붉은 장미가 5월의 햇살 속에서 환하게 웃고 있다.

기원전 육천 년경 포도가 자연 발효되어 고여 있는 액체를 우연히 마셔 본 고대인들이 그 맛에 반하여 만들기 시작한 와인이 인류 최초의 술이며, 역사와 함께 발전해 왔다. 로마제국 때에는 점령지를 넓히면서 그곳에 포도나무를 심어 와인을 생산하였고, 그 덕으로 유럽 전역으로 전파되었다. 와인은 식수의 어려움과 전쟁으로 피곤한 몸을 풀기엔 더 없이 좋은 음료가 되었지만 지나친 음주는 멸망의 도화선이 되기도 했다.

플라톤은 '와인은 신이 인간에게 내려 준 최고의 선물'이라고 극찬했고, 히포크라테스도 '알맞은 시간에 적당한 와인을 마시면 질병을 예방하고 건강도 유지할 수 있다.'고 했다. 최후의 만찬에서 예수는 "빵은 나의 살이요, 포도주는 나의 피니라"하여 성스러움의 상징이 되었다. 조선의 장승업은 술에 취한 상태에서만 그림을 그려 '취화사'라는 별호가 따랐고, 이태백 역시 달을 벗삼아 배를 타고 강에서 술을 마시다가 달을 잡으려고 강물에 뛰어들어가 빠져 죽지 않았던가.

정철의 '장진주사'는 내가 좋아 하는 시조다.

한 잔 먹세그려. 또 한 잔 먹세그려
꽃 꺾어 세어가며 무진무진 먹세그려
이 몸 죽은 후면 지게 위에 거적 덮어 줄에 메어가나
호화로운 관 앞에 만 사람 울어 예나…

인생의 허무함과 죽은 후엔 아무 것도 없다는 무상주의적 애상 시조다. 그림, 도자기, 음악, 문학 모두 술의 효능을 극찬하며 과음했으니 인간의 이성이 그때부터 무디어진 게 아닐까.

이규보는 가전체 소설 ≪국선생전≫에서 술의 성질과 효능을 사람의 개성과 욕망 등으로 의인화시켜 당시의 사회상을 비판하기도 했다. 잘 사용하면 약이 되고 남용하면 독이 되는 것을 디오

니소스는 왜 인간에게 알려주지 않았을까. 황홀한 도취로 만사를 얕잡아보는 오만함에 파멸되어가는 현대인의 정신건강, 한 잔의 술로 괴로움을 잊어보겠다는 허약한 정신, 그는 인간에게 술 만드는 법을 알려 줬지만 그 해악은 알려주지 않았다.

술 마시는 형식도 문화의 한 형태로 그 사회의 문화수준을 반영한다고 한다. 올바른 음주문화가 정착될 때 그 사회도 건전하고 국민 건강도 좋아지지 않겠는가.

남편은 자칭 애주가다. 위암과 간암으로 두 번이나 대 수술을 받았건만 지금도 술을 마신다. 약주로 조금만 마신다고 변명처럼 말하지만 그 조금만이 언제 무너질지 모른다. 신으로부터 받은 최고의 선물을 버리기가 그리도 어려운지.

헌데, 나도 몇 잔의 와인 덕에 기분이 아주 좋다. 이래서 술이 술을 불러 목 줄기로 술술 넘어간다고 하여 술인가. 허약한 인간은 술의 유혹에서 해방되기 어려운가보다. 그러나 이것만은 잊지 말고 마시기를.

첫 잔은 갈증을 면하기 위하여
둘째 잔은 영양을 위하여
셋째 잔은 유쾌하기 위하여
넷째 잔은 발광하기 위하여 마신다 〈로마 속담〉

한 송이 나의 모란

정원마다 장미가 흐드러져 화사하다. 담을 타고 넘실대는 넌출 장미로부터 홀로 아름다움을 뽐내는 다양한 꽃들이 유월을 덮고 있다. 장미 못지않게 화려한 모란도 유월을 안고 한창 피고 있다. 사랑에는 장미, 부귀영화에는 모란, 여자들이 모두 좋아할 꽃 중의 꽃들이다.

온 산하가 푸르름으로 물들어가는 늦은 어느 봄날, 여고 동창 몇몇이 경주로 환갑여행을 갔다. 수학여행지로 가장 추억거리가 많았던 곳이다.

봄의 들녘은 푸른빛이 한창 물들고 있다. 파르스름, 푸르스름, 푸르딩딩. 온갖 초목들이 저 나름대로 풀색을 두르고 청정한 하늘 아래서 향연을 벌이고 있었다. 벚꽃은 일찍감치 손사래를 치며 저 멀리가고 아까시 꽃내음이 코끝을 찌른다. 농익은 봄날만큼이나 우리들의 가슴도 설레었다. 아쉽게 떠난 청춘은 미련이었고, 이제 중년 인생길을 서성이는 아줌마 부대들은 생의 승리자마냥 당당하고 씩씩했다.

불국사는 수학여행 온 학생들로 시끌벅적했다. 부모님과 한두 번 와봤을 천년사찰은 호기심의 대상이 되지 못했고, 제각각 핸드폰에만 정신이 쏠려 있다. 처음 본 유적에 경이로움과 감탄의 연발로 한마디라도 놓칠세라 귀를 기울이던 우리 모습과는 전혀 달라 사십여 년이란 시간의 간극을 느꼈다.

천년의 세월을 이기고 경건히 서 있는 다보탑과 석가탑. 그 많은 시간들이 결코 쉽지 않았다고, 검푸른 이끼가 탑신을 두르고 있다. 인생은 길게 잡아 백년에 검버섯이 난무한데, 천년이면 돌도 늙었으리라.

유리상자 속에 갇혀있는 석굴암 불상에게서는 성스러움이나 따스함을 느끼지 못했다. 천년 전의 과학을 이 시대에 풀지 못해 유리 속에 유배시킨 잘못을 준엄히 꾸짖는 것만 같았다. 삼라만상 미물들의 제도를 위해 울리던 법고도 소음에 묻혀 들리지 않았다. 석굴암 언덕을 내려오며 바라 본 석양빛은 얼마나 고왔던가. 추억이어서 아름다운가. 영사기가 돌아가듯 숨어 있던 기억들이 흑백사진으로 펼쳐진다.

　왕의 능에서 나온 부장품들은 화려했다.

　금관에 붙은 앙증맞게 굽은 곡옥과 생선비늘보다 얇은 금 조각은 천년의 세월 동안 땅 속에서 잠자다 허물 벗고 밖으로 나와 시간을 비웃기라도 하듯 빛나고 있었다. 어찌 저것이 천년 전의 물건이며, 땅 속에서 이제 막 나온 물건이란 말인가. 살아생전에 호사를 누린 자는 죽어서도 호사를 누려야 하는지. 안타깝게도 인골은 간데없고 유물만 남았다. 환생이란 이생에서 풀지 못한 한을 저 세상에 가서 풀어보라는 염원일진대, 저 세상에서도 왕 노릇을 또 하겠다면….

　어쨌거나 화려한 부장품은 환생한 주인이 왕이 되었는지 종이 되었는지 아랑곳없다는 듯 하늘거리며 빛나고 있다. 우리 또한 죽어 가면 인골마저 사라지는데, 푸른 꿈은 먼 훗날 어디에서 빛날 것인가.

　밤 깊어 나그네의 여정은 무르익었다. 호수는 안개비에 젖어 축축하다. 친구가 고운 목소리로 사랑의 세레나데를 물위에 띄운다. 물결을 차고 들려오는 세레나데는 여고시절로 돌아가 아릿한 추억들을 하나씩 하나씩 꺼낸다. 서로 숨겨진 비화를 꺼내며 그때는 소문날까 두려워 말도 못했던 어느 선생님의 연모담도 거리낌 없이 술술 털어놓는다. 같은 연적들이 있어 한바탕 웃음바다가 되었다.

가슴은 풋풋한데 모습은 초로의 아낙들이다. 육십여 년 삶의 긴 터널을 탈 없이 통과한 편안한 얼굴들이 이제는 자식들이 제 앞길을 갈무리할 수 있어 큰 욕심은 없는 모습들이다. 모두 다 열심히 살아온 보답일 것이다.

천 년을 버티어 온 돌탑의 영험을 입어 우리도 백세까지 건강하게 살자며 건배. 이제는 서로의 안위를 걱정해 주고 배려하는 삶의 자세로 살아보자는 말에 또 한 번의 화기애애한 건배! 지금까지 탈 없이 잘살아줘서 고맙다는 자신을 위하여 건배, 건배!!

무르익어 가는 분위기 속에서 누구의 선창이었는지 모두 같이 '한 송이 나의 모란'을 조용히 부른다.

"…추억은 아름다워 밉도록 아름다워/ 해마다 6월을 안고 피는 꽃/ 한 송이 또 한 송이 나의 모란…."

꽃 한 송이 한 송이에 꿈을 실어 해마다 모란 핀 꽃밭에서 미래를 속삭였던 우리의 여고시절은 얼마나 아름다웠던가.

어둠은 호수를 덮고 우리의 추억은 또 하나의 전설이 되어 가슴속에 묻힌다. 젊은 날의 추억 위에 하나를 더 보태 밉도록 아름다운 추억으로 남기를 바라며 한 송이 나의 모란을 만들기 위해 이 밤을 하얗게 새웠다.

해마다 유월이 오면 우리의 이야기는 모란꽃이 되어 가슴마다 아련히 피어날 것이다.

햇볕 훔치다

‘열심히 일한 당신, 떠나라’ 얼마 전 광고 카피로 나온 말이 떠오른다. 열심히 일한 후의 휴식은 얼마나 달디달까.

지금 들녘은 긴 휴식을 하고 있다. 추수가 끝난 너른 벌판 넘어 알록달록한 지붕을 이고 옹기종기 모여 있는 마을. 휙휙 지나가는 창 밖 풍경은 같은 그림을 이어 놓은 듯 산, 들, 나무, 도로 등을 변화도 없이 연출한다. 텅 빈 논에는 만추의 햇살이 한유하게 그루터기를 어루만진다.

여름 내내 일용한 양식을 한가득 안고서 따가운 햇볕과 무섭게 쏟아지는 폭우와 뇌성벽력에도 잘도 견디고 거북등걸마냥 갈라지며 타들어가는 가뭄도 이겨내 풍성한 추수로 우리에게 기쁨을 주었다. 이제는 좀 쉬어야겠다고 모든 것 다 내려놓고 철퍼덕 주저

앉아 한가히 햇볕을 받고 있는 논. 많은 씨앗들을 키우다보니 정작 그 자신은 야위었다. 사물은 마음 가는 대로 본다던가. 언제부터인지 빈 들녘이 쓸쓸해 보이지 않았다.

승리자의 달콤한 휴식 같아 여유로워 보였다. 이른 봄부터 계절 따라 품고 있던 씨앗들을 튼실히 키워내고, 그 인고의 열매를 사람에게 아낌없이 다 내주고는 지금 그 고단한 희열을 맛보고 있는 거다. 겨울 동안의 긴 휴식은 내년의 또 다른 목표를 위해서 끝없는 변화와 자연의 수용을 위해 힘을 키우는 기간이리라. 넘실대는 만추의 햇살을 맨얼굴로 받아들이니 얼마나 간지러울까.

지금 빈 들녘은 햇살과 희롱하며 즐겁게 놀고 있다.

나무들도 정성들여 영글어 놓은 열매들을 모두 자연에게 돌려주고 전라의 몸으로 서 있다. 울창한 숲을 이룰 때는 산의 모습이 보이지 않더니 모두를 벗고 난 지금 산속의 바위도 보이고 웅덩이 속 쓰레기더미와 나무 위의 새집도 보인다. 허울을 벗어야만 비로소 보이는 것들. 숲속의 비밀들이 모두 탄로 났다.

울창했던 숲은 이제 앙상한 나목과 수북한 가랑잎만 맴돈다. 그러나 그 정적 속에도 미래의 목표를 향해 소리 없는 작업에 열중이다. 꽃눈과 잎눈을 만들고 줄기와 뿌리를 엄동설한에 견디도록 단속하면서 최소한의 에너지를 소비하도록 온몸에게 지시한다. 그리고 긴긴 휴식에 들어간다.

젊어서 살림살이 늘려가며 자식들 키우고, 이제는 모두 제 길 찾아 새 가정을 꾸미고 사니 이만하면 나도 휴식을 취해도 되지 않을까. 몇 년 동안 남편과 단둘이 새로운 삶을 살아봤다. 신혼 같은 짜릿함은 없어도 뒤 뱃심은 든든했다. 믿고, 의지하고, 있어 줘서 고마웠다.

지금 나의 달콤한 휴식은 무엇을 준비하기 위함인가. 들녘과 나무들은 미래를 위해 또 다른 준비를 하는데, 나의 목표는 무엇인가. 논은 햇빛으로 기름지고 나무는 소리 없이 꽃눈을 만들고 있는데, 나의 가슴속에는 무엇을 심을 것인가.

이 허허로움을 채우기 위해 '수필'이라는 나무 하나 심었다. 싹이 나고 잎이 나지만 영양실조로 나무는 항상 위험했다. 잎이 시들어 가면 아차 싶어 물을 주어 겨우 기사회생시켰으니 참으로 볼품없이 커갔다. 글이란 마음 같지가 않았다. 나는 재주 없는 정원사인지도 모른다. 나무가 원하는 것이 무엇인지, 어떻게 해야 잘 크는지 제대로 다시 공부해야 할 것 같다. 빈 들녘에 가득 쏟아지는 햇살이 탐난다. 초목들은 햇볕으로 낟알들을 익히지 않던가. 나에게도 강한 충격과 에너지가 필요하다. 쏟아지는 햇볕 한 줌 훔쳐 와야 할 것 같다.

지금 기차는 밀양을 지나고 있다.

감나무 집

만추의 서늘한 바람 속에서 감이 붉게 익어가고 있다.

그날은 스산한 가을 햇살이 빈 들녘을 가득 채우고 있었다. 언뜻 한 줄기 회오리가 일더니 이내 잠잠해진다. 시들어가는 이파리들이 우수수 떨어지며 갈까마귀가 울며 날아간다.

남루한 점퍼차림의 남자가 수북한 구레나룻 턱을 주억거리며 포승된 손으로 '이리 오라'는 손짓을 한다. 밭이랑 사이 먼 곳에 대여섯 살 난 남자아이와 그보다 두서너 살 더 된 여자아이가 잔뜩 겁먹은 눈으로 숨을 헐떡이며 쳐다보고 있다. 누나가 동생 등을 떠민다. '어서 가보라'는 신호다. 두려움과 공포로 아이는 꼼짝 못하는데, 포승된 어른이 무거운 발걸음으로 아이에게 다가왔다. 주머니를 뒤지더니 지폐 한 장을 아들 손에 건네주며 이제 '가라'

는 손짓을 한다. 뒤도 안 돌아보며 끌려가는 아버지의 마지막 모습을 어린 남매는 미동도 않은 채 바라보고 있었다. 이것이 아버지와의 마지막 이별이었다.

작은 고을에 유지의 아들로 태어난 두 형제가 있었다. 형은 성격이 고지식하고 학문을 좋아했으나 동생은 활달한 성격에 신식 공부를 한 탓인지 시대적 변화를 갈망했다. 6·25전쟁이 채 끝나지 않은 어느 늦가을, 어떤 경로인지 알 수 없지만 북한 공산당에 참여했다가 경찰에 체포되어 끌려갔다. 한 마디 말도 없이 주머니에서 있는 돈을 모조리 꺼내주며 마지막 작별을 한 부자지간. 이분이 나의 작은아버지이시며 사촌들이다.

작은아버지는 얼굴도 기억이 안 나지만, 작은어머니는 그날 이후부터는 캄캄한 밤길 같은 삶을 사셨다. 아직은 젊은 삼십 대에 곱기만 하던 작은어머니는 하루아침에 쑥대밭이 된 집에서 두 남매를 껴안고 숨도 크게 쉬지 못하고 살았다.

불타고 헐려버린 집, 본채는 다 타버리고 별채 초가집 하나가 검은 그을음을 두르고 남았다. 다른 곳으로 집 장만을 하자 해도 작은어머니는 완강히 마다했다.

"한밤중에 살그머니 도둑고양이마냥 들어 올 텐데."하면서.

그 후부터 울바자도 없애버리고, 허허한 공터에 덩그마니 남은 초가집 들창에는 희미한 호롱불이 온 밤을 밝히다가 새벽닭이 울면 꺼지곤 했다.

어느 해 생일 밤, 혹시나 해서 툇마루에 올려놨던 시루떡이 빈 그릇이 된 걸 발견하고는 작은어머니는 한 나절을 숨죽여 우셨다.

"방문 한 번 열어보았어도…"

뒷마당에 서 있는 묵은 감나무가 외로운 이 집을 지켜주고 있었다. 이 감나무는 어린 나의 팔로 한 둘레가 훨씬 넘는, 쳐다보면 끝이 안 보이는 아주 큰 나무였다. 가을이면 붉은 감이 꽃처럼 매달렸고 우리는 그 밑에서 올려다보며 감이 익기를 기다렸다. 잘 익어 떨어진 감을 모아 놓았다가 소반 가득히 내오시던 작은어머니. 마을에서는 작은 집을 '감나무 집'이라고 불렀다.

세상은 요동치고 있는데 감나무는 모든 것을 초월한 듯 봄이면 꽃이 피고 가을이면 붉은 감을 주렁주렁 달고 있었다. 감꽃이 피고 지기를 열 손가락이 다 꼽혀질 무렵, 작은어머니는 뒷산 어느 곳에서 주웠다고 가져 온 작은아버지의 도장을 받고 단념했는지 제사상을 올리기 시작했다.

가세가 기울어지자 인심마저 사나워졌다. 뒤통수에 대고 '빨갱이 새끼들'하며 수군대는 사람들은 모두 다정하게 지냈던 한 마을 사람들이었다. 사촌언니와 오빠는 학교도 제대로 다니지 못했다. 아버지는 작은어머니께 이 고장을 뜨는 것이 어떠냐고 간곡히 권

했지만 작은어머니의 가슴 깊은 곳에는 아직도 작은아버지가 살아 돌아오실 거라는 희망을 버리지 않았는지 완곡히 반대했다. 사회적 멸시 속에서도 한 가닥 희망의 끈을 놓지 않은 바람은 끝내 이뤄지지 않았다.

푸르른 하늘을 이고 발갛게 익어가는 감을 보고 한숨짓던 작은어머니는 가슴에 붉은 피멍을 안고 달짝지근한 감꽃 내음이 폴폴 나는 어느 날, 하늘로 님 찾아 훨훨 떠나셨다. 소외된 환경에서 자란 사촌오빠도 변두리 인생으로 생을 마감한 지가 삼십여 년이 훌쩍 넘었다.

이 가을, 붉게 익어가는 감을 보며 감보다 더 붉은 한을 가슴에 안고 가신 작은어머니의 모습이 떠오르며 내 가슴에도 붉은 연민의 정이 한 점 찍힌다.

식자우환

천년 세월을 뛰어 넘은 운문사의 당당한 위엄 앞에 6월의 태양이 숙연하다. 십여 채가 넘는 도량을 갖추고 비구니 승가대학까지 있어 그 위상이 자못 당당한데 입구에 천연기념물로 선정된 수령이 사백년이나 되는 '처진 소나무'에 다시 압도된다.

신라 진흥왕 때 한 신승(神僧)의 수도장이었던 것이 여러 선승이 나오면서 '운문선사'라고 고려 왕건이 사액하고, 그 후 조선시대에도 여러 차례 중건하여 지금의 모습이라고 하니, 시대마다 흔적은 남겼지만 만세루의 널찍한 마루는 호거산의 골바람을 한껏 품어내어 사찰에 청량감을 안겨줬다.

가람 안 넓은 정원에는 여러 종의 나무들이 잘 가꾸어져 있었다. 늘씬하게 큰 키에 시원스런 커다란 잎이 출렁거리는 나무 곁에서 무슨 나무인지 몹시 궁금해 하며 이곳 저곳을 흝어 보고 탐스런 이파리를 만져보는 젊은이가 "나무가 좋아 보이는데 이름이 뭘까." 혼잣말처럼 중얼거리며 눈을 나에게 맞추기에 "이 나무는 일본목련이에요. 잎이 넓고 저 위에 흰 꽃이 피어 있고 그 위에 열매가 달려 있죠? 저 열매는 크게 자라 가을에는 붉게 익는데 그 사이사이에 콩알만한 붉은 씨앗들이 들어 있어요."

일본목련에 자신 있는 식견으로 그들의 궁금증을 풀어 준다고 장황하게 늘어놓았다. 자연생태 학습교사로 식물공부한 것이 도움이 되어 으쓱했다.

일본목련은 곳곳에 있었다. 그런데 한 곳에 그 나무의 이름표가 붙어 있었다.

－후박나무－ 아뿔싸, 후박나무라니. 내가 알고 있는 후박나무는 이 모습이 아니었다. 이 나무는 분명 일본목련이라고 확신한다. 그런데 후박나무라고 학명과 개화시기를 자세히 적어 놓았으니….

차라리 모르쇠하고 있을 걸, 잠시라도 그 나무에 대해 서로 공유하고 싶다는 앞선 생각에 아는 척을 하고 말았다.

언젠가 회원들과의 야외놀이에서 똑같은 이 나무를 보면서 궁금해 했다. 그때도 자신 있게 꽃의 생김새와 열매를 가리키며 일본목련이라고 했다. 누군가 후박나무 아니냐고 한다. 나의 강한 어조에 슬그머니 말꼬리를 흐렸으나 미심쩍다는 눈치다.

집에 돌아오는 내내 머릿속이 혼란스러웠다. '저 나무가 후박나무라면 내가 알고 있는 지식은 수정하면 되지만 이미 내뱉은 말은 어떻게 해야 하나'

집에 돌아오자 얼른 나무에 관한 몇 권의 책을 뒤졌다. 이유미 박사가 쓴 《우리나무 백가지》에서 마침내 해답을 발견했다.

'후박나무는 우리나라 남쪽 섬과 바닷가 일부에서 자라는 나무로 남쪽지방에서는 진짜 후박나무를 후박나무라고 부르고 중부지방에서는 일본목련을 후박나무라고 부르고 있다. 일본목련을 일본에서는 호오노기(朴の木)라고 부르는데 한자로 쓰면 후박(厚薄)이 된다. 조경업자들이 이 나무를 수입하면서 그렇게 불러 아직까지도 많은 사람들이 그렇게 부르고 있다' 묵은 체증이 한꺼번에 내려가는 것 같다. 내가 제대로 알려줬다는 안도감도 있지만 후박나무와 일본목련을 구분해서 알고 있다는 것이 안심이었다.

가끔 사물에 대한 정보지식이 정확한 확인 없이 대중이 그렇게 알고 있으므로 굳어 버리는 일이 종종 있다.

우리가 흔히 알고 있는 '아카시아'나무는 정확한 이름이 '아까시'나무이고 '아카시아'와 '아까시'는 확연히 다르다. 아까시나무는 북아메리카가 원산지이며 낙엽성 활엽수이고 꽃의 향기가 강하고 꿀이 많아 양봉업에 큰 도움을 준다. 아카시아나무는 열대성

나무로 호주에 퍼져 있고 상록수이다. 제주도에 시험재배를 해 보았지만 경제성이 없어 중단했다고 한다.

하찮은 지식정보라도 정확하지 못할 때에는 입을 다물고 있는 게 상책일 때가 있다. 가볍게 얻어 들은 정보로 그것이 사실인 양 전달되면 루머가 되고, 사람에 대한 정보였을 때는 그 본인에게는 커다란 영향을 미친다.

지금 세상에는 확인되지 않은 정보들이 홍수를 이루어 사람과 사람 사이를 흙탕물로 만들고, 오염된 물 때문에 사리판단을 흐려놓은 경우가 많다.

식자우환(識字憂患).

한동안 후박나무에 속앓이를 했던 것을 생각하며 아는 것이 병이라니, 지식의 홍수 속에 사는 현대인은 그래서 아픈 사람들이 많은가 보다.

길

나잇살이려니 했던 몸무게가 점점 늘어나 걷기운동을 시작한 지 서너 달이 되었다. 저녁 시간을 이용하니 달밤에 체조하는 격이 됐다.

집 근처에 저수지를 낀 공원의 산책로에서 걷기 운동을 한다. 처음 진입로는 왕모랫길이다. 길옆으로 여름내 자란 포도들이 익는 냄새가 달콤하게 코를 찌른다. 하얀 종이옷을 입고 주렁주렁 매달린 송이가 보기만 해도 흐뭇하다. 그 길을 지나 다리 하나 건너면 무성한 갈대밭 사이로 자갈길이 나있다. 울퉁불퉁한 길은 속도도 느려지고 걷기도 힘들어 잘못하면 발을 접지르기도 하고 갈대가 많아 어둡기까지 하다. 마치 우리 삶 속의 어려운 고비와 같다는 생각이 든다. 힘들고 고단한 시간을 헤치고 나가면 편안하고 안정된 생활이 오듯 인내와 용기를 시험하는 장소 같다. 걷다 보면 다른 사람이 나를 추월해서 간다. 속도를 내서 걷는다고는 하지만 젊은 사람의 힘 있는 걸음걸이는 당해 낼 수가 없다. 젊은 이들은 저만치 앞서 간다. 나도 때론 다른 사람을 추월할 때가 있다. 나이가 지긋한 노부부라든가 산책 나온 연인들이다. 그 사람들은 속도에 연연하지 않고 시간을 즐길 뿐이다. 추월을 당해도 앞서간 사람을 제치고 따라 잡고 싶지 않다. 내가 낼 수 있는 속도대로 걸을 뿐이다. 이 행보가 마치 내가 살아온 모습과 비슷한 것 같다. 삶의 경쟁에서 누구보다 앞서겠다는 다부진 욕심이 없었고, 처해진 환경에서 최선을 다해 살아왔으니 내 삶도 참으로 박력이 없었다.

갈대밭 사이로 자투리땅에 콩, 고구마, 호박, 배추가 싱싱하게 자라고 있다. 작은 땅이라도 귀하게 여기는 농부의 마음이 보인다. 또 하나의 다리를 건너면 돌보지 않은 과수원이 나온다. 돈 많은 어느 양반의 부동산 투기용이다. 볼품없이 매달린 배는 까치들의 먹이가 되고 잡초 우거진 풀 속에선 가끔 정체를 알 수 없는 작은 짐승도 튀어나온다. 배 익는 냄새를 맡으며 걷다보면 조그마한 조각 논이 나온다. 누렇게 익어가는 벼에는 부지런한 농부의 땀이 배어있다. 배 밭과 어찌 이리 대비되는지, 사람의 마음 씀씀이가 어디에 머무는지 자연은 진솔하게 보여준다. 남보다 부지런

하고 열심히 일하며 사는 사람과 가진 자의 한탕주의의 꼼수가
마음을 복잡하게 만든다. 하루가 다르게 황금빛을 더하며 고개
숙인 벼를 보면 목에 힘주며 살아온 세월은 없었는지 자성도 해보
고, 스스로 겸손해지는 자연 앞에서 숙연해지기도 한다. 이곳의
길은 고운 흙길이다. 걷기도 힘이 안 들고 발의 감촉도 부드럽다.
편한 길이라 속도를 내어 걷는다. 불어오는 바람도 상쾌하다. 하
늘을 올려다보니 상현달이 떠 있고 몇 개의 별들이 숨바꼭질한다.

논을 뒤로 하고 소나무 숲을 지나면 나지막한 야산 곁을 걷게
된다. 여름 장맛비에 무너져 시멘트로 군데군데 땜질하여 걷기가
불편한 길이다. 편한 길, 험한 길, 어쩜 우리가 살아가는 인생길과
도 비슷한지 많은 것을 생각하며 걷게 된다.

마지막 다리 하나를 건너면 언덕진 둑길이 나온다, 이곳에 오르
면 저수지 전체가 한눈에 보이고, 수면에는 먼 곳의 광고판 불빛
과 가로등 불빛이 대칭을 이루며 물속에 또 하나의 세상을 만들어
놓는다. 그 속에 상현달도 떠 있다. 차분하고 고요함 속을 유유자
적 걸으면서 산다는 것은 물속에 또 하나의 나를 투영하는 것과도
같다는 생각을 한다. 꾸밈없이 그대로 비춰지니 함부로 살 일도
아닌데 자신을 들어다보지 못했을 때가 허다했다.

매일 반복되는 이 시간은 어디에도 방해받지 않는 나만의 사색
공간이다. 흙길의 서로 다른 감촉을 느끼며 살아 온 길을 생각해

본다.

힘들어 주저앉고 싶었던 날들. 남편의 사업부진과 그로 인해 얻은 병까지. 누구를 탓할 수도 없고 날로 야위어져가고 의기소침해진 남편과 집안 분위기가 달라졌음을 어렴풋이 느끼며 어미 곁을 눈치로 겉도는 어린 자식들의 까만 눈동자를 보면서 어금니를 깨물던 날들. 참 잘도 견디며 통과했다고 이제 칭찬해 주고 싶다.

지금은 얼마쯤 편안한 길을 걷는 것은 험한 길을 잘 통과한 덕일 것이다. 힘들 때 용수철의 응집된 튀어오름과 같았던 힘은 아마도 어린 자식과 살아야 한다는 강한 본능이 아니었나 싶다. 산책로의 저 길 같이 편한 길이 끝나면 험한 길이 나오고, 그 길이 끝나면 편한 길이 나오듯이 우리의 삶도 험한 길만 있는 것은 아닌 것 같다.

험한 삶의 길을 걷고 있는 사람에게 계속 길을 따라 걸어 보라고 권하고 싶다. 울퉁불퉁한 길이라고 주저앉지 말고 인간적 오기라도 발동시켜 통과하고 나면 보다 나은 길이 나오지 않겠는가.

내일도 나는 길을 걸을 것이다. 남아있는 길이 어떤 길이 될지 모르지만 산책길에서 얻은 교훈으로 주저앉지 않고 걸을 것이다.

이렇게… 앞으로 전개될 길을 상상하면서.

피에타

용서하지 마옵소서.

나의 오만함과 무례함을

당신을 모시기로 한 약속이

어느덧 사십 년이 가까워지는데

이 가슴속에는

당신이 기거할 한 칸의 방도 마련 못했습니다

하루에 한 발자국씩만 다져도

일만사천육백 발자국으로

땅도 실히 다져졌을 텐데

아

어찌하여 이 가슴은 당신을 모실 한 평의 땅도 허락하지 못한

오만과 불신으로 황무지가 되었을까요
당신의 말씀에
어쭙잖은 과학의 잣대를 들이대면서
가장 이성적인 척하며
말씀에 귀 기울이지 않은 오만함을
절대 용서하지 마옵소서.

현실과 적당히 타협하고 잘못을 변명으로 합리화시키며
잔꾀를 부리던 나의 무례를
용서치 마옵소서
그러면서도 당신에게 원하는 것은
왜 그리 많은지
해가 뜨고 질 때까지 다 고해도 모자라
치부책에 꾹꾹 눌러 써 두는
이 소멸할 줄 모르는 끝없는 탐욕을
부디 용서치 마옵소서

당신께 드리는 봉헌 앞에서
주머니에 손 넣고
큰 것 바칠까, 작은 것 바칠까

머리로 숫자를 굴리는 수전노의 계산법을
용서치 마옵소서
어려운 이웃을 볼 때 온정의 손길보다도
오히려 불편하다면서 냉대와 무관심으로
눈살을 찌푸렸던 일들을
용서치 마옵소서
어쩌다 동정어린 눈빛으로
행려인에게 지전을 던져주고는
커다란 자선이나 한 것처럼
가슴 쭉 폈던 거만한 위선을
절대 용서치 마옵소서.

눈 비 가리고 한파에 떨지 않게 육신 누일 수 있는 집을 주심과
끼니때마다 배불리 먹을 수 있는 일용한 양식을 주시고
병든 세파와 야합하지 않고
가난하지만 제 길을 뚜벅뚜벅 걸어가는 자식들의 평범한 일상에
감사드립니다
무엇보다도 건강한 두 발로
당신 앞에 무릎 꿇을 수 있음에 감사드립니다
남보다 내가 우선이고

이웃보다는 내 가족이 먼저 행복해야 했던 이기적 우물 속에서

탈출할 수 있도록

자비를 가르쳐 주소서.

나로 인해 옆 사람이 불편하지 않도록

배려를 가르쳐 주시고

조금 성질을 죽이고

조금 손해를 봐도

그저 무덤덤할 수 있는 여유와 유머를 갖게 해 주시고

당신 앞에서

허리 더 굽히고 머리 더 조아리는

겸허와 순종을 알게 하옵소서

맑고 예리한 머리보다는

언 땅을 녹이는 봄비같이, 장마 뒤 활짝 갠 파란 하늘에

선연히 피어난 뭉게구름같이,

가을 들녘 풍요롭게 쏟아지는 햇살같이

따사롭고 넉넉한 가슴이 되게 하옵소서

이제

황혼의 들녘에서 벼이삭보다 피가 더 많았다 해도

그것은 온전히 저의 몫이기에 그 짐을 지고 가겠나이다

이렇게 두 손 모아 원하노니
부디, 저를 버리지 마옵시고 불쌍히 여겨 주옵소서
생의 마지막 날
당신의 그림자 밑에서 눈 감을 수 있게 해 주시고
의연한 자세로 죽음을 맞이하게 하소서
아멘

　　　　　　　　　　　　－바티칸 피에타 앞에서 기도합니다.

얼굴과 화장(化粧)

　오늘도 나는 거울 앞에 앉아 화장을 한다. 마치 화가가 심혈을 기울여 붓칠을 하듯 정성을 다해 그리고 바른다. 칙칙했던 민얼굴이 서서히 사라지며 화사하게 바뀐 모습이 한결 예뻤다. 화장을 하고 나면 기분이 좋다. 이제 화장은 나에게 필수가 되었다.

　전철 속에서 화장을 하는 여자들을 자주 본다. 바쁜 시간에 쫓기다 보니 필수 사항을 놓치고 만 걸까. 주위의 시선에도 아랑곳않고 열심히 작업을 하고 있다. 보는 내가 괜스레 머쓱할 뿐이지 그녀는 천연스럽고 당당하다. 서서히 떠오르는 뽀송한 예쁜 얼굴.

　요즈음 화장품은 그 기능과 용도가 복잡하고 가지 수도 많다. 나도 쓰임새를 제대로 모르고 사용하는 것도 있다. 세계의 유명한 화장품 회사에서는 신제품이 나오면 우리나라에 먼저 출시를 한다는 말이 있다. 그만큼 화장품의 소비가 많고 외국제품을 선호한다는 것이다.

고대 이집트에서 시작된 화장은 제사장이나 왕의 전유물로 신성함과 권위의 존엄함을 나타내던 것이 이제는 한낱 여자의 얼굴에 아름다움을 나타내는 보조품으로 변했다. 아름다움을 싫어하는 사람이 어디 있겠는가. 더구나 여자라면. 권위와 신성함이 무너지자 화장술은 유럽으로 건너가 귀족보다는 유곽의 여자들이 먼저 받아들여 발전했다. 짙은 향수 냄새와 화려하고 아름답게 꾸민 여인을 싫어할 남정네가 몇이나 될까. 유녀들에게 남편을 빼앗긴 부인들이 차츰 그녀들의 화장술을 본뜨기 시작하면서 중세 유럽은 사치와 유흥으로 혼란스런 사회가 되었다. 성문화가 문란해지고 도덕성이 해이해지자 마침내 화장 금지령까지 내렸다.

손바닥만한 얼굴에 왜 그리 집착을 할까. 얼굴 성형이 유행하면서 비슷비슷한 생김새가 눈에 많이 띤다. '누구의 눈, 누구의 코'라고 주문을 하니 외모는 비슷하나 몸 전체에서 풍기는 분위기는 사뭇 다르다.

마더 테레사 수녀님의 초라한 외모에서는 아름다움을 찾을 수 없으나 평생을 헌신과 봉사로 밴 검소한 외모에서 풍기는 고결함과 주름이 가득한 쪼글쪼글한 얼굴에 천진스럽게 활짝 웃는 모습은 얼마나 자애로워 보이는가.

삶의 기력이 쇠잔되어 안식이 절실할 때 우리는 어머니를 그리워한다. 햇볕에 그을린 얼굴과 노동으로 투박해진 어머니의 얼굴은 화장한 모습이 아니다. 희생과 사랑으로 각인된 나의 어머니, 우리의 어머니가 아름다웠다.

삶의 태도와 내면에서 풍기는 인간미가 잘 어울릴 때 우리는 그 사람이 진정 아름다운 사람이라고 본다.

'나이 사십이 넘으면 자신의 얼굴에 책임을 져야 한다.'는 말이 있듯이, 얼굴은 그 사람의 이력서라고 한다. 여유로운 환경 속에서 비교적 자유롭게 살아 온 사람의 얼굴에서는 낙천적인 모습이, 매사 긍정적인 자세로 자신의 삶을 개발하며 살아 온 얼굴에는 성실함과 근면함이, 어려운 환경속에서 힘들게 살아 온 얼굴에는 불안과 곤고함이 고스란히 새겨진다고 하니, 이보다 더한 증명서가 어디 있겠는가. 그러나 이러한 진정성이 담긴 얼굴마저도 성형과 화장술로 믿을 수 없게 되었다.

여자의 아름다움도 시대에 따라 달랐으니, 사회가 안정되고 인간 가치를 존중하던 시대에는 수수한 아름다움을 추구했으나 사회가 혼탁할 때에는 사치와 유흥으로 화장술도 야하게 변해갔다. 수년 전만 해도 여자에게 섹시해 보인다고 하면 화냥기 있는 여자로 보인다는 말로 여겨 모욕적이고 수치스럽게 생각했으나 지금은 아름다움의 최고 찬사로 여기니 이 시대가 수상하다.

　여자들의 화장을 보면 그 사회상을 추론해 볼 수 있다니, 변신은 무죄라고 하나 얼굴 하나가 자신의 이력서요 그 시대의 사회상이라면 조그만 여자의 얼굴에 역사가 흐르고 있다는 증거가 아니겠는가.

　거울에 비친 내 모습을 보면서 나의 이력서는 겉과 속이 같은지 한동안 쳐다보았다.

오만과 편견
— 해미성의 회화나무

옛 전통마을이라기보다 천주교인의 순교지로 더 알려진 해미성, 이곳에 도착했을 때는 음산한 날씨였다.

어제까지도 청명한 가을 날씨였는데 낮게 내려앉은 회색빛 구름은 성의 분위기를 한층 가라앉혔다. 이제 순교지는 잘 다듬어진 관광지로 변했다.

옛 옥사 앞뜰에 잿빛 하늘을 이고 늘씬하게 서있는 회화나무 한 그루. 슬픔을 온몸으로 안고 살아온 300여 년의 노거수이다. 병인양요 이후 천주교 박해는 더욱 옥죄어져 서해안 일대의 신자들을 잡아들였다. 신자들을 이 나뭇가지에 철사로 머리채를 매달아 고문을 했다는 슬픈 사연을 안고 있는 나무다. 그래도 학자다운 자존심을 잃지 않으려고 꼿꼿이 세우고 있는 늠름한 모습이 대견스러웠다. 가지에는 지금도 그때의 철사 끈 자국이 남아있다.

고문과 갖은 형벌로 죽어간 신자가 천여 명이나 된다니 그 원한과 슬픔이 오죽했으랴. 나무 줄기는 피로 범벅이 되었을 것이다.

회화나무는 중국이 원산지로, 노거수를 보면 수형이 웅장하고 단정한 품위가 있어 학자의 풍모가 느껴진다. 학자수(學者樹), 출세수, 행복수라고도 불린다. 또한 길상목으로 생각하여 이 나무를 집안에 심으면 가문이 번창하고 큰 인물이 난다고 하였고, 귀신도 가까이하지 못하는 신성한 나무로 여겨 아무 데나 심지 않았으며, 선비의 집이나 궁궐에만 심었고 임금이 공이 많은 학자에게 상으로 하사하기도 한 나무이다. 도산서원의 회화나무는 퇴계 선생의 상징이며, 강화도 고려궁 터의 회화나무도 궁의 위엄과 왕실의 번창함을 기원하며 심은 나무이다.

각 지방 곳곳에 수백 년이 넘는 회화나무들은 당시의 관리나 선비들이 마을의 융성과 관리로서의 꼿꼿한 표상을 염원하는 뜻으로 심은 나무들일 것이다. 오랫동안 신목처럼 숭상을 받아 온 나무. 사람으로 비유하면 귀족 출신인 셈이다.

이 나무가 수많은 죄 없는 사람들에게 가혹한 형벌을 주는 나무로 정해졌을 때는 얼마나 굴욕적이었을까.

철사 줄에 매달려 비명을 지를 때마다 소리 없는 고통으로 제 살을 깎으며 파고 들어간 철사 줄의 흔적. 이렇게 해서라도 후세에게 만행의 역사를 폭로하려던 것이었을까.

동쪽으로 뻗어나간 가지에 묻힌 핏자국은 벼락이라는 천형으로 부러져나가 아직까지도 한쪽 끝이 휘어져 기형처럼 자라지 못하고 있었다.

서대문 형무소, 옛 형장에 담장을 사이에 두고 안과 밖으로 두 그루의 미루나무가 있다. 담장 밖에 있는 나무는 잘 자라 그 풍채가 당당하나 형장 안쪽에 있는 나무는 제대로 자라지 못했다. 투옥된 애국지사들이 사형장으로 가기 전 이 나무를 붙들고 통곡을 했다는 비화가 담긴 나무이다.

천연기념물로 지정된 서울 통의동의 백송이 벼락을 맞아서 베어보니 나이테에 놀라운 사실이 나타났다. 1919년~1945년 사이의 나이테 폭이 비정상적으로 줄어들어 있었다고 한다. 식민시절의 아픔을 나무도 알았을까. 같이 그 고통을 분담하며 말없이 살속에 새기고 있었나보다.

병석에 누워 움직이지 못하고 오감을 모두 잃은 환자를 우린 식물인간이라고 쉽게 말해버리지만 나무는 제 스스로 움직이지 못할 뿐이지 시대의 아픔을 모조리 속살 깊은 곳에 잊지 않고 새겨두고 있는 것이다.

인간의 오만과 편견이 권력과 만났을 때의 그 만행은 역사의 물줄기를 틀어 놨다. 힘의 권력으로 세계를 움켜쥐려는 제국주의 오만함이나 대문 걸어 잠그고 내 식구끼리 잘살아 보겠다는 쇄국주의적 안목의 편견이 얼마나 무서운 죄의 흔적으로 남았는가.

이제 많은 사람들이 그 흔적에 참회와 용서를 구한다. 하늘의 음산함이 그들의 신음소리로 들린다. 묵직한 가슴을 안고 돌아서는데, 키 작은 해바라기가 길섶에 도열하듯 고개 숙이고 있다. 늘씬한 키에 너울거리는 큰 잎이 이 꽃의 상징인데 어쩌자고 키는 줄여놨을까, 이것 또한 인간의 오만으로 식성(植性)을 변환시켜 놓은 것은 아닌지.

살아온 동안 내 자신 무심히 흘려보낸 오만과 편견으로 상처 받은 사람은 없었을까. 타인의 티끌은 잘 보여도 나의 과오는 생각지 못하는 아집으로 어느 누구에게 행여나 철사 끈의 흔적을 남겨줬다면, 나는 그 앞에서 용서를 빌고 싶다. 회화나무 앞에서 삶을 되돌아보고 눈시울이 붉어지는 것은 오만과 편견이 없는 인간이 되고 싶은 마음에서이다.

후드득 떨어지는 낙엽 하나, 이제 계절은 한층 더 성숙한 시기로 간다.

Chapter **3**

고단한 희열

따스한 손

올 겨울은 유난히 춥고 눈이 많이 온다.

기후변화의 징조로 몇 십 년 만의 한파네 몇 년 만의 적설량이네 하고 떠들지만, 역시 겨울은 매섭고 눈이 많이 와야 제 맛이 나고 멋도 있지 않은가.

요즘 날씨가 겨울 멋을 제대로 내고 있는 것 같다. 일기예보에서는 오늘도 눈이 온다고 한다. 흐릿하고 꾸물거리던 하늘이 오후가 되자 눈발을 뿌린다. 싸락눈이 어느 순간 함박눈이 되어 펑펑 내린다. 창 너머로 먼 산의 능선이 점점 흐려지고 나목에 한 겹 두 겹 솜옷을 입히며 아름다운 설경이 그려진다.

그런데 눈의 낭만과 정서를 느끼기도 전에 교통 혼잡이 먼저 떠오르는 것은 감성이 메마른 탓일까. 사뿐사뿐 소리도 없이 잘도 내린다.

내가 사는 곳은 수도권으로 아직 개발이 덜 된 도시다. 집 근처에 산과 호수가 어우러져 있는 청정지역이다. 무료하게 창밖만 내다보고 있는 나에게 남편이 나가자고 한다.

"눈이 와서 미끄러울 텐데…."

완전무장을 하고 따라 나섰다. 눈이 제법 많이 내려서 나무 가지가 휘어질 만큼 덮였다.

숫눈 위로 발목을 푹푹 잠기며 걸었다. 뒤따라오며 선명히 남는 내 발자국. 호수는 어느 곳이 하늘이고 수면인지 분간을 할 수 없을 정도로 눈발 속에 묻혀서 안개 속 같다. 먼 곳의 나무들이 흐릿하게 보일 뿐 그 경계가 모호하다. 사위는 적막하고 눈은 계속 내려 모든 형체를 시나브로 덮고 있었다. 주위의 소리가 눈 속으로 사라졌다. 세상의 색들이 한 가지 색으로 물들어가고, 일상의 번잡함이 하나씩 하나씩 묻혀간다. 조금 전까지도 아옹다옹했던 일들이 한 줌의 눈보다도 가볍게 느껴진다.

나목들이 일제히 꽃을 피워낸다. 우아하게 피어나는 설화.

얼지 않은 수면에서는 물안개가 오르고, 오리들은 무리지어 열심히 자맥질을 해 댄다. 눈은 난분분한데 그 속에 한 물체가 되어 무심히 서 있었다. 선계가 이런 곳일까. 자연과 동화되고 싶었다.

교통이 혼잡하고 귀가길이 늦어진다는 것은 세상 속 일이다.

선계에서는 오직 자연만이 존재하고 있을 뿐이다. 나도 정물(靜物)의 일부분이 되어 보고 싶다. 그것이 촌각일지라도.

앞서가는 남편의 처진 어깨 위로 소복이 눈이 쌓인다. 젊은 날의 소신에 찬 당당한 모습은 아니지만 쌓인 눈만큼이나 여유와 포근함이 보인다. 슬며시 다가가 어깨의 눈을 털어 주며 손을 잡는데, 따스한 온기가 스민다.

익숙한 행동이 아니기에 멋쩍은 웃음을 지으며 언 몸을 녹이려 길섶의 찻집에 들어갔다. 커피 향에 묻혀 나직이 흐르는 선율.

몇 팀의 손님이 있었지만 어찌나 조용한지 무쇠 난로에서 물 끓는 소리가 소음처럼 들릴 정도였다. 설경을 보면서 모두 먼 기억을 더듬는가보다.

남편은 차 한 잔을 다 마시도록 말없이 창밖만 쳐다본다. 말수가 적은 사람이지만 참 분위기 조율을 못한다. 음악이 끝나자 "어때, 좋지?" 하는 한마디로 부딪치는 눈길은 많은 언어를 내포하고 있다. 브람스의 현악6중주, 이 곡은 브람스의 생애에서 가장 행복하고 풍부했던 시절에 작곡한 것으로 즐겁고 행복한 분위기가 가득하다. 그 옛날 우리는 이 곡을 들으면서 가난해도 마음은 풍요롭게 갖자고 말한 적이 있었다. 남편은 말 대신 음악으로 나에게 마음을 전하고 있었다. 분위기 조율은 내가 못했던 거였다.

눈길을 같이 걷고, 어깨 위의 눈을 털어주고 음악을 들으며 차

한 잔을 같이 마실 수 있는 사람이 곁에 있다는 것에 나는 감사한
다.

　행복감을 느끼는 건 그리 유별난 게 아닌 듯하다. 눈은 아까보
다 더 푸짐하게 내리고 있다.

애원하는 여인

"밤새 안녕?"

그들은 푸른 잎을 흔들며 나를 반긴다. 아침마다 즐거운 인사다. 옥상에 스티로폼 상자를 십여 개 올려놓고 상자 텃밭을 만들었다. 토마토와 고추는 꽃이 피고 상추는 먹을 만하게 자랐다. 나의 수고가 들어간 채소라서 그런지 맛도 좋고 먹으면서 이야깃거리가 있어 즐거웠다.

베란다에도 몇 개의 화분을 들여놓고 아침마다 인사를 한다. 아무것도 모르는 풀이라도 아름다운 말을 속삭여 주고 정성을 들이면 그렇지 않은 것보다 훨씬 싱싱하게 자란다고 꽃을 기르는 친구들이 알려줬다. 정말 그럴까? 반신반의를 하며 직접 실험해 보기로 했다. 화초를 구해오고 분갈이를 해 주는 과정에서 시들해지며 생기를 잃을 것들에게 "다시 살아나, 넌 할 수 있어. 예쁜 꽃이 보고 싶어."하며 물을 주고 얼러주며 속삭였다. 이삼일 몸살을 앓더니 그 후 꼿꼿하게 줄기를 세우고 이파리를 흔들면서 보란 듯이 나를 맞이한다.

"오! 해냈구나 장하다." 정말 감탄했다.

해마다 봄철이면 화초를 장만하느라 돈도 쏠쏠히 들어갔다. 그러나 어찌된 건지 물도 때 맞춰 주건만 윤기 돌던 잎이 까칠해지면서 볼품없이 변해갔다.

영양제를 꽂아 주고 분갈이도 해주지만 전의 모습은 돌아오지 않고 마치 링거로 연명해가는 환자의 초췌한 모습처럼 되어 갔다. 더 이상 어쩌지도 못하고 안타까워만 했는데 이번의 것은 아직까지 성공적이다. 일부러 시들한 화초를 얻어다 정성을 들여봤다. 앓던 병을 툴툴 떨고 일어나는 환자처럼 다시 생기를 찾아 보란 듯이 줄기를 세웠다.

사랑과 관심. 하기 쉬운 말이면서도 실행은 어려운 단어이다.

모든 생물은 심지어 무생물까지도 사랑이 필요하다는 예로, 얼마 전 텔레비전에서 밥으로 아름다운 말과 미운 말을 해 주는 실험을 했다.

며칠 후 아름다운 말을 해준 밥에서는 뽀얀 누룩곰팡이가 피었고, 미운 말을 해준 밥에서는 시꺼멓게 썩은 곰팡이가 피는 결과가 나왔다고 한다. 좋은 감정과 나쁜 감정이 무생물인 밥에서조차 이렇게 반응할 수 있다는 것이 신기했다.

사람이야 당연한 것이지만 무생물까지도 그것을 구별할 수 있다는 증거를 보면 사랑이 사물의 중심을 이루는 데 얼마나 중요한 역할을 하는지 알 수 있다.

〈로댕의 신의 손〉전을 관람했다.

천부적인 그의 재능을 감히 나로선 말할 수 없지만 전시실 한편에서 까미유 클로델의 작품을 보았을 때 그녀의 말로가 너무 비참하여 같은 여자로서 안타까움을 느꼈다.

까미유의 작품 중에 〈로댕의 초상〉은 눈가의 잔주름과 수염, 쌍꺼풀진 눈 등이 아주 섬세하고 사실적으로 조각되어 있었다. 그토록 자세히, 정확하게 기억하고 있는 연인이 사랑이 식어가면서 냉정해지는 태도에 번민과 굴욕을 참느라 그의 내부에서는 반란이 일어났다. 신경이 쇠약해지며 서서히 피폐해져 갔다.

작품 〈왈츠〉는 여자가 남자의 품에 안겨 쓰러질듯 돌아가는 춤 사위로, 보는 사람마저도 황홀감에 빠져든다. 감미로운 곡에 맞춰 얼굴을 서로의 어깨에 기대며 사랑한다고 속삭이면서 드레스 자락이 휘날릴 정도로 빙빙 돌며 추는 왈츠는 얼마나 황홀할까. 아마도 까미유는 로댕에게 다시 그런 사랑을 받고 싶었을 것이다. 그래서 〈애원하는 여인〉의 모습으로 로댕과의 불안한 사랑을 다시 시작하고 싶었던 것은 아닐까.

작품 〈애원하는 여인〉은 반쯤 무릎을 굽히고 두 손을 앞으로 벌리며 '어서 내게로 오라'는 몸짓으로 얼굴 표정이 사뭇 애절하다. 돌아서는 연인에게 '제발 떠나지 마셔요' 하며 금방이라도 눈물이 뚝뚝 떨어지고 기진할 것 같은 그녀의 절실한 마음을 로댕에게 표현한 것 같았다.

사랑과 관심이 떠나버리자 그녀는 강박관념과 피해망상증으로 끝내는 정신병원에서 생을 마감하고 말았다. 밥에게도 미움을 말하면 시커멓고 흉측한 곰팡이가 핀다는데 하물며 사람의 감정이야…. 사랑과 관심은 생물이나 무생물까지도 그 앞날에 절대적 운명을 좌우한다. 사랑과 관심어린 정성이 그 어떤 아름다운 예술보다도 훨씬 인간의 감성을 올곧게 만들어 주는 것이다.

〈신의 손〉의 위대함에 앞서 까미유에게 진실된 사랑을 주었다면 로댕이 더욱 인간적으로 돋보이지 않았을까. 까미유의 명성이 로댕 밑에 묻히는 것보다 사랑에 절망했던 그녀의 일생이 더욱 안타깝다.

아름다운 기부

'사람은 죽어서 이름을 남긴다.'고 했던가. 백남준은 죽은 후에 우리 가까이 오게 된 것 같다. 살아생전에도 이미 유명세는 탔지만 가까이에서 그의 작품을 상시 볼 수 있는 전시관이 만들어진 것은 그가 세상을 떠난 후이다.

비디오 아트는 텔레비전을 표현 매체로 하는 미술로서 현대 예술의 한 장르를 차지하면서 아직 확실한 형태를 이루지 않은 채 '움직이는 전자회화'라는 애칭으로 관심 있는 사람들의 주목을 끌었다.

백남준의 아트센터에 들어섰을 때 약간의 생소함을 느꼈다. 우선 캔버스의 그림이 아닌 TV를 매체로 주제를 형상화했다는 것이 감상하기에 난해했다. 해설자의 도움이 없었다면 이해하기 쉽지 않은 것들이었다. 내가 지금까지 보아왔던 미술작품들은 정형화된 그림이나 조각 등이었기에 형식을 탈피한 설치 작품은 낯설었다. 고백하건대 백남준의 작품을 직접 보는 것은 처음이었다.

그림이라고도 할 수 없고 조각이라고도 할 수 없는 작품 앞에서 고개를 갸웃거리는 우리에게 해설자는 조금이라도 쉽게 이해시켜 주려 애를 쓰고 있었다.

예술이란 학문, 종교, 도덕 등과 같은 문화의 한 부문으로 예술활동(창작, 감상)과 그 성과(예술작품)의 총칭이다. 예술은 사람들을 결합시키고 사람들에게 감정이나 사상을 전달하는 수단이 된다. 예술의 중심개념은 아름다움으로서, 만약 미가 결핍되거나 상실되면 예술이라 말할 수 없다. 그러나 아름다움만으로는 예술이라 말할 수 없으며, 어떤 형상에 의해 표현되어야만 한다. 이러한 정의를 갖고 있는 단어인데 작품을 보면서 솔직히 아름다움은 느끼지 못했고, 기발한 상상력에는 충격을 받았다. 많은 작품을 단시간 내에 감상하기는 어렵지만 '징기스칸의 복권' '달에 사는 토기' '벽암록 족자'등의 작품을 보면서 그가 일찍부터 외국에 나가 활동은 했지만 동양적 사고와 철학이 배어 있는 것을 느꼈다.

나의 눈길을 끈 것은 벽암록의 족자로 선(禪) 불교의 가르침으로 옛 선사나 고승들의 선문답을 기록한 백 가지 일화 중에 18칙과 37칙의 선문답을 한지에 연필을 사용해 손수 쓴 것이다. 1960

년 대 평소 가까이 지내며 같은 활동을 한 바우어 마이스터의 딸에게 선물로 준 작품이었다. 별로 눈에 띄지 않는 작품이지만 그 작품이 다시 돌아오게 된 동기가 아름다웠다. 소장자가 40여 년을 소중히 간직한 작품을 백남준 아트센터가 개관한다는 소식을 듣고 많은 사람들이 감상할 수 있기를 바라는 마음에 기꺼이 보내온 것이라고 한다.

예술이란 한 개인의 소장품이 아니라 모두 같이 감상을 하며 그 아름다움을 공유할 때 더욱 빛나는 것이 아닌가.

재산의 증식 개념이 아니라 예술의 가치를 모든 이와 함께 공유하겠다는 차원 높은 문화적 정신을 높이 사고 싶다. 작품이 주인 집에서 다른 작품들과 어울리며 전시될 때 그 가치가 한층 더 빛날 것이다.

오늘의 세태는 예술품들이 전문 경매꾼의 손을 거쳐 한 개인의 소장품이 되어 깊은 창고 속에 숨겨지고 있다. 예술의 본뜻이 재물로 포장되어 천문학적 숫자로 둔갑하는 일도 종종 보고 있다.

우리의 고 미술품들 중 빛을 보지 못하고 외국에서 숨죽이고 있는 것들이 많다고 한다.

시대적 상황이 어찌 되었든 정당한 방법이 아닌 수단으로 취득했다면 주인에게 돌려주는 것이 당연한 양심인데, 무엇을 소장하고 있는지조차 밝히지 못하는 사정은 개인의 문화적 사랑만도 못한 것 아닌가.

전 재산을 털어가며 해외로 반출되었던 우리 예술품을 수집해 오는 사람도 있지만 이제는 정부가 앞장을 서서 좋은 작품들을 수집하였으면 좋겠다.

백남준의 작품이 외국에 많이 나돌고 있다는데, 다양한 작품들을 수집하여 관람할 수 있도록 하는 것도 문화적 배려가 될 것이다.

고단한 희열

일상생활에서 자기의 뜻을 상대에게 전하는 가장 쉽고 편한 방법이 말일 것이다. 그러나 말이란 정제되지 않고 나오기 쉬워서 자칫 의도한 대로 표현되지 않을 때가 있다. 또한 시간적 제한을 받아 대화의 순간이 지나면 제대로 기억하기가 쉽지 않다. 그러나 글이란 영원성을 가지고 있어 쓸 때는 자신의 감정을 잘 다스리고, 내용이 과연 내가 쓰고자 하는 생각을 담고 있는지 검토하며 쓰게 된다. 즉 나를 대신하는 기호이기에 감정을 충실히 담고자 한다.

수필을 가까이한 지도 어언 십 년이 훌쩍 넘었다. 적지 않은 시간이지만 아직도 글쓰기가 두렵고 힘들다. 처음에는 내 생활에서 느낀 것을 글로 표현하면 되는 것인 줄 알고 덤벼든 것이, 수필에 눈을 뜬 후로는 그것이 얼마나 멋모르고 한 짓인지 부끄러웠다.

수필 쓰기를 안이하게 생각했던 것이다. 지금도 많은 사람들이 수필을 쓰기 편한 작문쯤으로 생각하고 있는 경향이 있다. 이는 작품도 문제가 있겠지만 일반적으로 산문에 접하기가 쉽다는 경우에서도 기인된다. 전문적인 직업을 가진 사람들이 현장에서 겪은 여러 체험담을 수준 있는 문장으로 재미있게 구성하여 출판된 책들이 베스트셀러에 끼어 있다. 이것은 수기 형태의 글이지 진정한 수필은 아니라고 생각한다. 수필은 엄연한 문학의 한 분야를 차지한 장르로서 글의 내용이 문학성을 담고 있어야 한다. 많은 수필가들은 이 문학성이란 신호등에 걸려 글을 쓸 때마다 고심하고 있다. 과연 내 글이 파란 신호등이 켜져 문학성이란 건널목을 잘 통과할 것인지에 매달려 힘겨운 글쓰기를 한다. 나 역시 이 부분이 제일 힘들고 어려워 글쓰기에 쉽게 접근을 못할 때도 많았다. 그러나 가슴에 회오리바람이 불면 다시 펜을 잡게 되니 졸문이라도 생산하게 된다.

나는 글쓰기에 필요한 주제나 소재를 주로 주변에서 찾는다. 사회에서 일어나는 부조리한 사건들이나 가끔씩 단비처럼 내리는 미담이 감성과 이성을 자극시키면 때를 놓치지 않고 주제나 소재를 뽑아 메모해둔다. 날마다 일어나는 일상생활에서, 또는 여행에서 느껴지는 색다른 감정을 발견하고 낯선 곳에서의 사색으로 감성을 자극시켜 하나의 주제가 떠오르면 환희를 느낀다. 그 주제를 끈질기게 잡고 늘어져 소재를 구하고, 자료를 수집하여 주제를 확실하게 살리면서 글을 완성시킨다.

구르는 낙엽 한 잎에서 외로움을 느낀다는 것은 옛 시인의 감상이요, 나에게는 화려한 생을 마감하고 미래를 약속하며 흙으로 돌아가는 자연 순환으로 찬미하고 싶다. 발상을 전환시켜보고 부정에서 긍정으로, 추함에서 아름다움을 찾으려는 것이 수필의 환치적 기법이 아니겠는가.

또한 평소 관심 있던 어떤 사물이라든가 생각 중에 꼭 써보고 싶은 것들이 있다. 자연, 의·식·주, 문화(유적) 등의 명제로 나름대로 생각을 써 보고 싶다면 미리 메모해 두었다가 각기 파일을 만들어 놓는다. 그런 다음 수시로 신문기사나 책, 관람, 일상에서의 느낌 등을 메모하거나 스크랩해서 각각의 파일에 넣어 놓는다. 자료가 모아졌다고 생각되면 조용한 시간에 그것들을 다시 읽고 적당한 것을 소재로 삼아 글을 완성시킨다. 이때는 그때 그때 느낀 메모 쪽지가 많은 도움을 준다.

이러한 경우 글이 완성되기까지 오랜 시간이 걸린다. 그러나 자료들이 확실하여 비교적 쓰기는 쉽다. 소재를 찾고, 자료가 모아지고, 주제를 설정해 놓고도 글이 써지지 않는 경우가 있다. 나의 감성이 이것들을 잘 짜맞추어 좋은 집을 지어야하는데, 뜻대로 되지 않는다. 너무 감정적이거나 보고서처럼 글이 나열되면 그것은 나의 의도가 아니어서 답답하고 한계가 느껴져 참담해진다. 이럴 때는 쓰기를 미루고 며칠 후 다시 꺼내보면 삭제할 곳과 첨가해야 할 곳이 눈에 들어오고 문맥도 살아난다.

초고는 습작노트에 육필로 쓴다. 한두 번의 퇴고를 거친 후에 컴퓨터에 올리고 수시로 퇴고를 해서 독자인 남편에게 먼저 평을 받는다. 처음에는 무척 쑥스러웠지만 내가 미처 발견하지 못한 오자나 문장의 어색함, 주제의 선명도에 대해 평을 해주어 도움이 된다.

글쓰기는 주로 깊은 밤중에 한다. 사위가 고요하고 생각이 맑아지면 집중력이 강화된다. 글을 쓰는 순간에는 좀 더 솔직해지고 자신을 되돌아보게 된다. 그러나 이러한 작품들이 독자들도 같이 공감할 수 있는가 하는 것이 문제였다. 혼자만이 그렇다고 느끼는 것은 자아도취에 지나지 않는다. 이렇게 쓴 글이 독자에게 느낌을 전할 수 있는 글이 된다면 나는 더없이 행복할 것이다. 단어 하나를 선택하고 문장 한 줄을 위해 입안이 메마르고 눈꺼풀을 비며가며 하는 힘겨운 작업이지만, 마지막 펜을 놓는 순간의 희열로 그 고통은 반전된다.

이러한 고단한 희열로 인해 나의 글쓰기는 멈추지 않을 것이다.

나의 인생 무늬

살아오면서 가끔 아름드리 거목을 만날 때가 있다. 두서너 명이 팔을 벌려야 안을 수 있는 나무가 세월의 무게를 안고 위풍당당하게 버티고 서있는 것을 보면 위압적이면서도 수백 년 살아온 생명에 경외감마저 든다. 저 많은 세월을 어떻게 살아왔을까. 궁금하기도 하고, 베이지 않고 용케 살아남은 것이 경이롭게 보이기까지 한다.

나무에게는 나이테가 있어 정확한 나이와 살아온 모습을 알 수 있다고 한다. 여름과 겨울의 기온차로 그 생장속도가 달라지고 햇빛 받는 방향의 가름으로 나이테의 변화가 나타나지만, 특별한 경우에도 나이테의 생장에 영향을 주는 때가 있다. 산불이 났을 때나 병충해가 심하게 번진 해, 또는 뿌리 한쪽이 잘려 나갔을 경우에는 제대로 자라지 못한 흔적이 나이테에 고스란히 상처로 나타난다. 정상적으로 성장해야 나이테가 곱게 짜여지는데 이러한 변고를 당할 때는 제대로 크지 못하기 때문에 찌그러지게 나타난다.

서울 통의동에 있는 천연기념물인 백송이 벼락을 맞아 고사했는데, 나이테를 분석해보니 일제 침략기 동안에는 나이테의 폭이 현저히 줄어들었다고 한다. 또한 도로변에 있는 나무를 베어보니 뿌리 한쪽이 잘려 나간 흔적이 나이테에 상처로 나타났다고 한다. 나무에게도 감정이 있는 걸까. 말은 못하지만 아픔과 고통을 그렇게 나타내고 있는 것이다. 물리적이든 심리적이든 외압이 나이테의 생장에 영향을 준다는 것이 증명되었다고나 할까.

‘딸을 낳으면 오동나무를 심는다.’는 말이 있다. 오동나무는 질이 견고하고 결이 아름다워 가구의 목재로 사랑받아온 나무이다. 잘 자란 나무는 아름다운 무늬가 나타나기 때문에 딸을 기르듯 정성으로 키워서 시집갈 때 그 나무로 장롱을 만들어 주었다고 한다.

사람에게 나이의 흔적이나 살아온 모습은 어떻게 나타날까. 외모로는 제대로 파악할 수가 없다. 다만 늙어가는 모습만 보일뿐. 세월의 흐름에 따라 달라지는 외모의 변화를 그 누가 막을 것인가. 화장술이 발달하고 첨단의 의술로 얼굴을 고치고 멋진 옷으로 치장을 한다한들 그 사람이 살아온 역사는 위장할 수 없을 것이다. 한 사람 한 사람 그 가슴속에는 모두 그만의 나이테가 자라고 있으므로.

이제 한 해를 보내면서 나에게 새겨질 또 하나의 나이테를 생각해 본다. 어제와 오늘이 다른 날도 아니건만 이 해를 보내는 마음이 전과 같지 않다.

세상의 모든 소리가 귀에 거칠 것이 없다는 이순(耳順). 이제 제자리를 잡고 우뚝 설만큼 인간고목이 되었다는 뜻이 아니겠는가. 육십 개의 나이테가 둘러지고 나름대로의 무늬가 짜였을 것이다. 생각해보면 육십 년이란 긴긴 시간들이었다. 결혼을 하고, 아이들을 키우고, 결혼시키고, 손자를 안아보고, 이 많은 일들이 육십 년 동안 쌓아온 나의 역사가 되었다. 결코 만만찮은 나무는 가지들을 거느리고 위풍당당하게 서 있는가.

켜켜이 내려앉은 나의 나이테. 한 굽이 한 굽이 돌 때마다 슬픔과 기쁨이 씨줄과 날줄이 되어 내 삶의 무늬가 엮어졌을 것이다. 어떤 무늬를 만들어 놨을까. 힘들어 분노하던 시절의 무늬는 찌그러졌을 것이고, 행복했던 순간들은 고운 꽃무늬가 되었으리라. 부대끼며 갈증으로 자신을 담금질하던 젊은 시절, 뒤돌아볼 생각은 않고 앞으로만 나가려 했던 시절, 남의 탓을 더 많이했던 시절. 얼마나 일그러지고 쭈그러진 무늬가 되었을까.

지상에 발을 딛고 있는 한 무늬는 더 짜여질 것이다. 손가락사이로 빠져나가듯 흐르는 시간의 두려움이 어깨를 짓누른다.

얼마 남지 않은 시간의 무늬는 결코 소홀히 짜서는 안 될 것 같다. 오동나무 무늬는 못되어도 이승의 마지막 길을 하직할 때 그 무늬로 만장을 만들어 부끄럽지 않게 훠이훠이 흔들고 갈 수는 있어야 하지 않을까.

너의 꿈이 이루어지길

―딸에게 보내는 편지―

너의 논문집을 받고 보니 감개무량하다. 아니 감개무량하다는 추상적 단어로는 엄마의 감정을 다 표현할 수가 없다

어린 시절부터 중학교, 고등학교, 대학교까지 네가 공부하던 모습들이 활동사진처럼 전개된다. 어려서부터 지기 싫어하던 성격이 학업으로 전이되어 언제나 자랑스럽게 선두 자리를 고수하며 이 어미를 흐뭇하게 해 주었다. 어려운 살림살이 속에서도 너희 둘의 커가는 모습과 언제나 상위권을 놓치지 않는 성적 때문에 엄마는 가난 속에서도 기운을 냈고, 담임선생님 앞에서도 으스댈 수 있는 기회도 주었다.

엄마의 능력 속에서 언제나 최선을 다한다고 생각하지만 잘 사는 아이들과 비교하면 어림이나 있었겠니. 언제나 너는 가슴 한구

석에 있는 응어리진 의식을 감추려고 공부에 집중했겠지. 그 마음 엄마도 다 안다. 엄마 역시 그런 학창 시절을 겪었으니까. 학교생활 속에서는 잘살고 못 사는 것보다는 누가 공부를 잘하느냐가 더 기를 세울 수 있었으니까. 그러나 요즘은 잘사는 아이들이 좋은 환경에서 공부를 더 잘 한다니 너의 때만 해도 호랑이 담배 피던 시절이었나 보다.

새벽에 독서실에서 공부하는 너를 데리러 갈 때마다 다른 아이들은 책상에 엎드려 곤히 자고 있건만 너는 바닥에서 벽을 기댄 채 책을 읽고 있더구나. 너무 오래 의자에 앉아 허리가 아프다고 하면서. 옆 친구들이 모두 자는데 얼마나 졸렸겠느냐. 웅크리면 한줌밖에 안 되는 작은 너를 보며 가슴이 미어졌다.

하늘은 스스로 돕는 자를 돕는다고 했듯이 그 어렵고 경쟁 치열하던 과학고등학교를 들어갔잖니. 자식 효도는 어려서 한다더니 엄마는 얼마나 기쁘고 네가 자랑스럽던지. 세상을 손아귀에 넣은 기분이었다. 이것이 효도가 아니고 무엇이겠니. 정말 기분 좋았다. 살맛이 났다. 그러한 기분도 잠깐, 모두 수재들만 모인 곳이라 네가 몹시 힘들어하는 것을 보고 얼마나 속상한지. 다른 아이들은 기숙사에서 토요일 오후 퇴실해서 일요일 오후 입실할 때까지 그 짧은 시간 동안 개인과외를 받고 온다는 말에 아연했다. 엄마가 얼마나 느긋하게 잘못 생각하고 있었는지. 최고의 선생님들이 학교에서 잘 가르쳐 주겠지 하고 안이하게 생각했는데. 역시 강남엄마들은 생각이 앞서 가더구나. 생각이 있다한들 재력이 뒷받침이 안 되는데 어찌하겠니. 엄마와 너는 가슴만 아리고 있었지.

힘든 1학년을 보내고 2학년부터는 학업에 조금씩 적응이 되어가는지 즐겁게 보내는 네 모습에 조금 마음이 놓였다. 아마 그때 진호가 곁에 있어줘서 그러지 않았나 생각이 든다.

최고의 전당에서 열심히 공부한 보람으로 서울대에 갔으나 다른 친구들은 첨단 공학 쪽으로 진학을 하던데 너는 굳이 사범대학을 지원하더구나. 남자였으면 잘 나가는 공대 쪽으로 선택을 하지만 여자라 아직은 사회적 인식이 남자보다는 불리하나 교사는 별 차별이 없다며 긴 안목으로 보아 사대가 괜찮다고 하는 말이 가슴에 꽂혔다.

대학을 다니면서도 아르바이트로 학비며 용돈까지도 모두 해결하니 고맙기도 하고 미안하기도 했다. 밤 12시가 되어서야 파김치가 되어 돌아오는 네가 얼마나 안쓰러웠던지, 약한 몸에 어디서 그런 강단이 나오는지, 아르바이트 한번 거르지 않고 열심인 너는 엄마를 꼼짝 못하게 만들었다. 아빠보다 네가 더 어려울 때도 있었다. 자린고비 같고 야멸차게 사리 판단하는 것을 볼 때면 저것은 인정도 없고 저밖에 모른다고 야속하기도 했다. 허세와 낭비를 싫어하는 너의 성격이 어느 땐 너무 이기적이고 차갑게 느껴지기도 했다. 이것이 너의 단점이자 장점일 수도 있다.

좋은 짝을 만나 순조롭게 결혼식도 올리고, 직장도 집 가까이 배정되고, 더욱이 고마운 것은 시부모님의 따스한 마음 씀씀이가 더없이 고맙고, 이것은 아마 어려움 속에서도 곧게 잘 자라준 것에 대한 보상인 것 같다.

이제 22년간의 긴 학업의 끝이 왔구나, 배움이야 끝이 있겠냐만 학교에 적을 두고 배우러 다니는 일은 아마도 끝나는 것이 아닌가 한다. 요즘 여유 있는 집 자녀들이 사회에 진출이 어렵게 되자 학교에 남아 박사 공부나 하자 하는 백수 박사가 있다지만, 너야 피나는 노력으로 여기까지 왔으며 학업에 대한 열망 또한 얼마나 컸느냐. 직장인으로, 며느리로, 아내로 그 역할도 제대로 못하고, 그러나 며느리로서 도리는 있는 법이라 설거지 한번 해보지 않고 시집가서 그것 티 안 내려고 안간힘 쓰고 사는 모습은 엄마가 안 봐도 다 느껴진다. 사소한 일에 스트레스 받지 말고 모르면 모른다고, 힘들면 힘들다고, 시어머니에게도 친정엄마처럼 네가 먼저 정을 주면 된단다. 너의 시어머님 성격이 아주 활달하고 이해심이 많으신 분이잖니.

이제 기나긴 여정의 끝맺음이 한 권의 책으로 묶여, 너의 모든 보람과 열정 그리고 고생까지도 묶여 엄마 품에 안겼다. 내 어찌 가슴 뭉클하지 않겠니. '감사의 글'을 읽으며 가슴 벅차오르는 감개와 뭉클뭉클 복받쳐오는 지난날의 회상으로 눈앞이 뿌옇게 흐려진다.

소중한 결실을 엄마가 이렇게 편히 받아도 될까. 1인 4역(며느리, 아내, 직장인, 학생)을 해 내느라 얼마나 힘들었니. 수고 많았다.

이제는 정신적 여유를 갖고 편안하게 지냈으면 한다. 그러다 보면 정말 힘든 엄마의 길로 들어가게 된단다. 그러나 그 길은 보람과 즐거움과 행복이 더 크단다.

참 장하다, 내 딸. 두 팔 번쩍 올리고 소리치고 싶은 심정이다. 박사가 흔한 세상이라고 하지만 엄마에게는 참으로 귀하고 장한 딸이란다.

사십 년 만의 해후

겨울이 아직도 삼월의 끝자락을 서성거리고 있다.

나무들은 계절을 알아차리고 해쓱해진 가지에 물기를 올리면서 기지개를 펼 준비를 하고 있는데, 때 아닌 함박눈이 펑펑 내린다. 칙칙했던 풍경은 금세 아름다운 설경이 된다.

전화선 너머에서 약간 들뜨고 활달한 목소리가 울린다.

"너 정임이니? 나 정수야, 이정수."

"이정수? 미국에 사는 이정수?"

가슴이 와르릉거린다. 고등학교를 졸업하자 곧 시집간 친구는 아들 하나 낳아서 시부모에게 안겨주고 스물셋에 남편과 미국으로 건너갔다. 이민을 반대하는 시부모에게 손자를 안겨주는 조건으로 겨우 얻어 낸 미국행은 이들 부부의 미래 도전의 유일한 출구였다. 처음 몇 년 동안은 가끔 소식이 오갔으나 서로가 살기 바빠 어떻게 살고 있는지, 사십여 년이 흐른 지금까지도 몰랐다.

우리 다섯 명의 친구들은 참으로 각별했다. 특별활동을 하면서 다른 친구들의 시샘도 받았고, 선생님들로부터 남다른 사랑과 관심도 받았다. 우린 집보다도 학교를 더 좋아했을 정도였으니까. 하루, 아니 몇 시간이라도 안 보면 궁금했고 서로의 부모님에게서도 각별히 사랑을 받으며 착한 모범생으로 자긍심도 강했었다.

졸업을 하고 대학으로 직장으로 길은 갈라졌지만, 자주 만나 막연한 미래에 기대를 걸며 젊은 시절을 보냈다. 사회에 막 적응하려는데 정수가 제1호로 결혼을 했다. 스물두 살에. 우리 중 정수가 제일 예뻤다. 훤칠한 키에 하얀 피부, 호수 같이 맑은 눈, 윤기 흐르는 머리, 조용하고 말수가 별로 없는 그녀는 얌전한 소녀였다. 이러한 조건들이 정수를 우리들로부터 일찍 갈라놓았나 보다.

오늘, 사십여 년 만에 상봉하는 날이다.

어젯밤 그녀의 전화를 받고 잠을 설쳤다. 어떻게 변했을까, 어떻게 살아 왔을까, 얼굴은 알아 볼 수 있을까. 전전반측하면서 많은 이야기가 담긴 학창시절이 영화 필름처럼 돌아갔다.

처음 그녀를 본 순간, 서로가 이름으로 확인하지 않으면 몰라

볼 정도로 모습이 변했다. ―하기야 나는 아직도 그 친구의 단발머리 여고생 때를 기억하고 있었으니― 한동안 서로 감전이나 된 듯 손만 잡고 있다가 "그래, 너구나" 한몸이 되듯 얼싸안았다. 사십여 년 간극이 한 순간에 메워졌다. 눈앞의 친구는 당당하게 세월을 이겨 낸 초로의 여인으로 나타났다. 긴 시간의 공간이 시나브로 압축되어 갔다.

함박눈이 계절을 잊고 내린다. 추레해 보이던 풍경이 금방 아름다운 설경으로 바뀐다. 가슴속 깊은 곳에 숨었던 많은 이야기들이 누에가 실 게워 내듯 줄줄이 풀어 내진다. 꽃으로 활짝 피는가 하면 시들어 떨어지고 곤두박질도 하면서 긴긴 사십여 년의 비사(秘史)가 펼쳐졌다.

말수가 적고 소극적이던 친구는 아주 활달하고 말도 잘하고 적극적이고 씩씩하고 당당한 모습으로 변했다. 청순한 소녀적 모습은 간 데 없고 한 소대를 이끌만한 여장부다운 모습이다. 칠십년대 초, 그 시절에 미국이민은 어려웠고 정착하기도 힘든 시기였다. 그곳에서 자리 잡고 살아남으려면 소극적인 태도로는 어림없었을 것이다. 아들 셋을 키우려면 엄마는 얼마나 씩씩하고 억척스러워야 하는지 우린 잘 안다. 환경은 사람의 성격을 변화시킨다고 하지 않던가. 아들 셋을 훌륭히 잘 키워 지금은 모두 행복하게 가정을 꾸리고 있단다.

친구의 눈에 비친 내 모습은 어떨까. 처음에 나를 몰라보겠다고 했으니 나의 모습도 학창시절 모습은 사라졌다는 것이다. 아이 하나 낳고 고양이로 변하고, 또 하나 낳고 호랑이로 변하면서 그것도 모자라 항상 발톱을 치켜세우며 변해가는 세상과 맞서 긴장하며 살아오지 않았던가. 삼십 대를, 오십 대를 내가 변해가는 모습은 염두에도 없이 당연이 그러려니 하면서, 오히려 부끄러움 없이 살아왔다. 이제 자식들을 제 갈 길로 보내고 한숨 돌리면서, 살아 온 길이 어쩌네 하는 것은 그간의 여전사 같던 시절을 모독하는 것이 아닐는지.

잘살아왔다고 자부하면서도 사십여 년 동안 단절되었던 우리의 모습을 보면서 사위어가는 불꽃같이 다시 올 수 없는 청춘이 그립고 허망해서 가슴 한 곳은 묵직한 우울이 스멀스멀 차오르고 있었다. 소녀의 여린 모습이 없다고 해서 그리 서운한가. 딱히 그것만은 아닐진대 반갑고 고맙고 기쁜 마음 뒤에는 추수 끝난 만추의 들녘 같은 허허로움이 스민다.

잠시 침묵이 흐르고 펑펑 내리는 눈을 바라보았다. 모든 것을 덮어버리는 저 눈처럼 우리의 지난했던 세월들을 덮어두고 앞으로의 노년의 길도 당당하고 씩씩하게 살아가야 할 것이다. 때 만난 강아지처럼 눈 속을 뛰어 다니다가 친구를 보니 흰 눈이 머리

위에 소복이 쌓였다. 몇 년 후의 우리의 모습을 보는 것 같았다. 머리 위에 내려앉는 눈꽃은 금방 녹아버리지만 우리의 삶에 내린 눈꽃은 녹지 않고 더욱 하얘질 텐데 남은 시간을 어떻게 보내야 할 것인가. 다가오는 계절마냥 따스한 봄날이라면 더 없이 좋으련만….

활짝 웃는 친구의 얼굴에는 이미 봄날이 와 있는 것 같다.

아름다운 설경 사이로 깍깍 까치 소리가 들린다.

매화연(梅花宴)

냉기를 안고 들어온 조간신문에 매화가 따뜻하게 웃고 있다. 추위도 가시기 전에 고목 등걸 위로 구슬 같은 꽃망울을 터트리며 봄맞이의 첫 신호를 알리고 있다. 충절, 정절, 고고, 우아함, 덕성의 근본을 모두 표상하는 매화.

매화를 직접 보고 싶어 한국식물연구회에서 주최하는 탐매기행에 동참했다.

우리나라에서는 고매가 몇 군데 남아 있지 않아 보기가 어렵다.

선암사에는 200년이 넘은 홍매, 백매가 몇 그루 있다. 대웅전 넓은 앞마당을 마다하고 뒤뜰 조붓한 곳에 흙담을 끼고 늘어선 매화는 조용한 기품으로 우리를 맞이해 준다. 단아한 꽃잎에서 화려하지도 그렇다고 결코 수수하지도 않은 자태는 보는 이의 마음에 만감을 교체시킨다. 오랜 세월 속에 수행자들은 저 꽃을 보면서 심성을 정화 시켰을까, 아니면 춘정으로 도반들의 마음을 흔들어 놓았을까. 산사에 피어 있는 매화는 수줍은 듯 은근히 풍기는 향이 예사롭지 않다. 무정한 낙화는 꽃비가 되어 머리 위로 흩뿌린다. 행여 농염한 향으로 수도승의 마음을 어지럽힐까봐 조금씩 뿜어내는 암향을 지긋이 눈감고 맡아본다. 오래 피지도 못할 꽃이 무엇이 성급해서 이른 봄, 얼굴 내밀다 무르익는 봄날에 지고 마는가. 휘날리는 꽃잎을 손 모아 받아본다. 단명한 미인인 양 안타까운 마음이다.

매화에게는 남다른 성품이 있는데 잘 번성하지 않아 희소가치가 있으며, 한꺼번에 활짝 피지 않고 반쯤 개화하고 반드시 꽃은 아래를 향해 핀다. 절제와 겸손, 겸양의 상징으로 고고한 선비에게 비유되는 꽃이다. 색깔은 붉은 홍매와 흰빛의 백매가 있는데 홍매보다는 백매를, 또 그 중에서도 꽃받침이 연한 녹색인 청매를 으뜸으로 꼽았다. 매실이 익어 가는 6월에 오는 비를 매우라고 하며 이때 내리는 비는 강하지도 않고 약하지도 않은 적당한 양이 내려야 맛있게 익는다. 마치 선비가 재물이 과하면 사치하고, 부족하면 천해 보이는 이치와 비슷하다. 이러한 매화의 성정으로 옛 선비들은 좋은 매화를 가꾸고 꽃이 피면 지인을 불러 매화연을 열었다.

단속사 옛 터에 정당매(政堂梅) 한 그루가 있다. 현존하는 최고수로 수령이 600여 년이 넘는 것으로 본다. 고려 말 강회백이 심었고 100년쯤 지나 나무가 죽자 증손 강용휴가 어린 나무를 그 뿌리에 접붙여 살려냈다고 한다. 600여 년이란 긴 세월에 고매의 우아한 모습은 간 곳 없고, 당주 하나만이 그곳이 단속사의 옛 터라는 안내문과 함께 병약하고 초라한 모습으로 남아 있었다. 아무 보호 장치도 없는 야산에서 얼마나 많은 수난을 겪었는지 줄기가 병들어서 썩은 곳을 깎아 내고 약품 처리하여 회를 발라놓은 것이 마치 깁스를 한 것처럼 보였다. 유치하게 물감으로 나무 줄기 문양을 그려 넣기까지 했다. 상처투성이가 된 야윈 가지 끝에 몇 송이 꽃이 봄바람에 흔들리고 있었다. 곁에는 정당매각이 있고 그 안에 유래를 적은 비까지 있었으니 그 옛날의 영광은 어떠했으리라 짐작이 간다. 세월의 많은 변화 속에 나라도 다치고 사람도 다치는데 식물인들 온전하겠는가. 이만큼이라도 견뎌냈다는 것이 어쩜 영물의 질긴 생명력이 아닐는지.

봄날의 짧은 해를 재촉하며 남명 조식 선생의 산천재(山川齋)에 손수 심으신 400년이 넘는 매화를 보러갔다. 공원화로 조성된 산천재의 매화 역시 치료를 받고 있는 중이었다. 아무쪼록 잘 치유되어 다시 찾아 올 때는 의젓한 고매의 모습을 볼 수 있기를 바란다. 뜰 한쪽에도 오래된 노송 몇 그루와 고매 한 그루가 있었다는데 바로 아래로 신도로가 생기면서 잘려 나갔다고 한다. 생활의 편리함을 찾는데 고매나 노송은 방해가 되는가보다.

한평생 산림처사로 대쪽 같은 성품으로 불의와 맞서고 자신의 학문과 정신사상을 가르쳤던 남명 선생님의 고매한 성품을 우리는 얼만큼이나 알고 있을까. 현대에서 매화가 천대를 받고 살았듯이 선비 역시 별 볼일 없는 상징적 단어로 묻히고 말았다.

탐매의 마지막 코스인 남사리 예담마을 최씨 고택을 갔다. 그곳 역시 고매는 치료 중이었다. 마음이 무거워 화사한 봄날마저도 그리 즐겁지 않았다. 인솔하신 분이 어느 고가 대문을 두드렸다. 이 집은 원정공의 32대손 하영국 씨의 집으로, 600여 년이 넘는 가장 아름다운 매화가 있는 집이었다. 세 번째 와서야 들어가 보는 집이라 했다. 올 때마다 못 보고 갔는데 올해는 다행이라 한다. 대문에 들어서자 잘 가꿔진 정원에 당당하게 서 있는 매화 한 그루. 늙은 줄기 끝에 성근 연약한 잔가지, 그 가지마디에 수줍은 듯 고개 숙인 분홍 꽃이파리. 밑동에서부터 올라온 묵은 이끼 위로 지의류가 휘감아 오르고 있다. 원 줄기는 고사했는데 죽은 가지는 마치 지나온 세월을 온몸에 각인한 듯 뒤틀리며 뭉쳐졌고 가는 듯 굵어져 수백 년의 시공을 형상으로 말하고 있다. 옹이 박히며 휘어진 저 마디는 역사의 어느 부분일까. 격류 속에 선비의 길이 너무나 힘들었나보다. 이미 썩었을망정 그 품위는 자못

의연하고 하늘을 힘차게 떠받치고 있어 기상이 한껏 돋보였다. 어느 충신의 혼백이 머물고 있는 것일까. 오랜 세월 버티어 온 비장함에 가슴 저리다. 앞의 실망을 보상이라도 받을 듯 나무를 어르고 쓰다듬으며 향기에 취해보기도 한다.

주인은 정성을 다해 매화를 보살핀다고 한다. 우리는 고맙다는 말만 되풀이했다. 매화를 아는 이를 만난 주인은 흥에 겨워 매화주를 내놓는다. 이런 곳에서 매화음을 할 줄이야…. 대단한 풍류객이 되어 그 옛날 선비들이 했다는 매화연을 열어 본다. 이제는 매화를 관상용으로만 즐길 뿐 그 기품을 닮아보려는 선비도 없거니와 고매의 가치를 제대로 알고 있는 사람도 적다고 한다. 유서 깊은 고매들은 죽어가고 요즘은 상업적으로 매실을 얻기 위해 야산에 온통 매화나무를 심어 봄이면 매화축제로 떠들썩하다.

고사 되어가는 매화의 건강을 위하여, 스러져가는 선비 정신을 위하여 잔을 들었다.

사르르 꽃잎 하나가 노란 매화주 위에 사뿐히 내려앉는다.

버림받은 나무

　삼 년 전 보았던 매화를 다시 보러 산청에 갔다. 그곳에는 단속사 옛터에 정당매(政堂梅)와 남명(조식) 선생의 산천재 뜰에 있는 남명매(南冥梅), 그리고 남사리 예담마을 하즙 선생댁의 원정매(元政梅)가 있다. 이 매화들은 옛 주인들이 손수 심고 가꾸었으며 그 후손들이 대를 이어와서 육백여 년이 넘는 나이를 자랑한다.

　연전에 왔을 때는 정당매와 남명매가 병이 들어 치료를 받고 있는 중이었다. 썩은 곳을 파내고 회벽을 해서 보기가 딱했다 그 중에 남사리에 있는 원정매가 제일 건강해 보였다. 마치 노익장을 과시나 하듯 치솟고 있는 가지는 옹이지고, 뒤틀린 줄기는 썩은 대로 그 기상이 자못 위용찼다. 새끼 치며 나온 곁가지에 앙증스럽게 매달린 홍매에서 모진 역경을 참아낸 육백 년의 인고를 보는 듯 대견했다. 그 기쁨으로 노란 매화주로 건배를 올리며 매화의 만수무강을 빌어주기까지 했었다.

시집보낸 딸네를 첫 방문하는 마음으로 그곳을 찾아갔다. 정당매와 남명매는 원기를 회복하여 고매의 모습을 갖추고 있는데, 정작 걱정도 하지 않은 원정매가 죽어가고 있었다.

남사리는 옛 양반들이 살았던 한옥마을로 군(郡)에서 관광단지로 조성하고 보호하는 곳이다. 예전에 왔을 때는 허술하기는 했어도 그런 대로 옛 마을의 운치가 있었는데, 지금은 어찌 된 영문인지 사람이 보이지 않았다. 벽이 허물어지고 주저앉은 쪽마루는 흉물스럽고 괴기감마저 감돌고 있었다.

이 마을을 다시 정비하고 단장하려고 모든 집들이 비어 있었다. 그러나 행정절차가 제대로 안 되었는지 아직 공사는 시작이 안 되고 흉물스런 마을로 변해가고 있는 중이었다.

원정매가 있는 집도 대문이 굳게 닫혀 안을 볼 수가 없었다. 까치발을 하고 담 너머로 본 매화는, 위용스럽던 줄기는 뭉텅뭉텅 잘려졌고 어디서 날아왔는지 검은 비닐조각이 가지에 걸려 봉두난발 한 채로 바람에 흔들리는 몰골이 참담했다. 정갈했던 대청마루도 쪽이 떨어진 채 먼지가 쌓였고, 매화주를 마시던 정원석 위로는 쓰레기가 너저분했다.

못 볼 것을 본 듯 고개가 설레설레 흔들어진다. 기대에 대한 허망함일까, 허방을 짚고 고꾸라지는 기분이었다. 나무야 예나 지금이나 그 자리에 말없이 있건만 인정의 변화로 얼마나 많은 고통을 받았을까, 감정이 있다면 쓰디 쓴 배신감을 느꼈으리라. 갈라터진 등걸 사이사이로 홍매 몇 송이가 매달려 있으니 아직은 목숨은 부지하고 있나보다. 여린 꽃망울이 안간힘을 쓰며 그의 자존심을 지키는 듯했다. 언뜻 불어오는 바람에 이파리를 흔들며 나에게 작별인사를 한다. 이승에서 즐겼던 영화를 하나하나 거두어 그와 동무하며 놀았던 옛 선비를 찾아 먼 길을 떠날 채비를 하고 있는 것 같다.

'아직은 갈 때가 아니야. 너의 위상으로 천년인들 못 살겠니?'

가늠할 수 없는 감정을 삭이려고 올려다 본 하늘은 어찌 그리도 청명한지, 싱그런 봄 햇살 아래 서 있는 매화는 더 초라해 보인다. 연민은 얄팍한 인심이라고 언뜻 봄바람이 속삭이고 간다. 지는 매화가 나풀나풀 춤추며 바람 따라간다.

씀바귀나물

'약은 입에 쓰다'라는 말이 있다. 약이 되는 것은 그 맛이 쓰다는 것이다. 비유로 잘못된 것을 지적해 준다든가 상대방의 단점을 알려주면서 고치기를 충언할 때, 듣는 사람의 입장에서는 별로 기분 좋지 않고 입맛이 떨떠름한 때도 이런 표현을 쓴다.

우리는 남으로부터 좋은 평가를 받고 또한 좋은 말만 듣기 원한다. 그러나 사람이기에 단점도 있고 잘못도 있어 고치려고 노력한다. 하지만 이것은 양심이지 실지로 염두에 두고 실천하기는 어렵다. 나의 단점과 잘못된 행동을 지적해 주는 사람은 밉게 보이고, 더 심해지면 아예 상종도 안 하려 들지 않는가. 사람들은 점점 서로의 잘못을 지적해 주지 않고 비리도 적당히 눈감아 버리는 도덕불감증 환자가 되고 있다. 남의 일에 인심 잃어가며 욕먹고 싶지가 않은 것이다.

올 여름은 유난히 더웠다. 한낮에는 걸어 다니기에도 숨이 막혔다. 이런 더위는 10여 년 만에 처음이라고 한다. 얼음물만 마셔댔더니 배탈이 나고 입맛이 없어졌다. 밥도 물 말아 몇 수저 뜨다만다. 더위에 지치고 식사도 제대로 하지 못해 기운이 없었는데 남편이 외출에서 돌아와 씀바귀 장아찌라며 봉투 하나를 건네준다.

옛 직장 동료 집에서 점심식사를 했는데 반찬으로 올라온 씀바귀 장아찌가 맛깔스럽게 보여 먹어보니 쌉쌀한 것이 씹을수록 감칠맛이 나고 입안의 오감을 긴장시킨 듯 산뜻하여 몇 수저 계속해서 먹으니 입맛이 당기어 밥을 한 공기 다 비웠다고 한다. 맛있게 먹는 것을 그 부인이 보고 집에서 담근 것이라며 싸 주었다고 한다.

한 가닥 집어먹으니 제법 썼다. 뱉으려다 꼭꼭 씹으니 씹을수록 맛이 나고 입안이 상쾌했다. 쓴 것을 먹고 입안이 상쾌하다니 역설적으로 들릴지 모르지만, 정말 둔감해진 입맛이 삽시간에 긴장되어 살아나는 것 같은 느낌을 받았다. 출출하던 차에 밥상을 차려 맛있게 한 공기를 비웠다. 매 끼니 때마다 장아찌에 입맛을 들여 식사를 잘했다. 불편했던 뱃속도 시나브로 가라앉았다. 입에 쓴 것이 톡톡히 약효를 발휘했나보다. 동의보감에도 씀바귀는 그 성질이 차서 오장의 나쁜 기운과 열기를 없애주고 심신을 안정시키며 잠을 몰아내는 효과가 있어 춘곤증에 좋고 젖몸살이 나거나 기침을 많이 할 때, 입이 쓰고 마르면서 식욕이 없을 때, 소변 색이 붉고 요도가 거북할 때 좋으며, 주로 소양인, 태양인에게 좋다고 하였다. 한의학에서는 고채(苦菜)라고도 부르며 입맛을 돋우며 위를 튼튼하게 한다고 하여 봄나물로 많이 먹었으나 요즘은 밥상에 잘 오르지 않는다.

연전에 산청에 있는 남명 조식 선생님의 산천재에 갔다. 새로이 단장하는 산천재 뜰에 씀바귀가 무더기로 자라고 있었다. 잔디를 심었는데 뿌리가 내리지 못해 죽어가고, 씀바귀가 대신 무성하게 자라고 있었다. 주부들인데 그냥 지나칠 수 없었다. 제초작업한다고 나물을 뜯었다. 어릴 적 어머니가 봄이면 씀바귀를 살짝 데쳐서 초고추장에 조물조물 무쳐주었던 것을 생각하며 나도 그렇게 무쳐서 반찬으로 맛있게 먹었다. 쌉쌀한 것이 맵고 새콤한 맛과 어우러져 상큼한 봄 냄새가 났다.

갈고 뒤엎고 했을 산천재 뜰에 왜 그리 씀바귀가 많이 났을까.

남명 선생께서는 그의 높은 학식과 고매한 덕망이 있음에도 관직에 나가지 않고 일생을 산림에 묻혀 오로지 후학을 가르치신 분이다. 그 당시 어지러웠던 정치를 비판하는 상소문 단성소(丹城疏)는 왕의 정치 잘못을 꼬집어 비판하고, 척족 정치의 폐단을 시정하고 바른 왕도정치를 해줄 것을 과격한 언사로 직간해 조정을 발칵 뒤집어 놓았다. 아무도 할 수 없는 말을 야인으로서 목숨을 내놓고 충언한 것이다. 감히 왕에게 쓴소리를 한 것이다.

오늘의 우리의 모습은 어떤가.

공무원들은 평생의 철밥통을 깔고 앉아 복지부동하며 남의 비위를 건드리지 않고 자기의 자리를 다치지 않으려고 하며 정치판에서도 서로 자기 당의 실리를 찾아 적당 선에서 고성이 오갈 뿐 따끔히 쓴소리 하는 사람은 없다. 신랄한 비판과 비리를 꼬집으면 자신의 후일이 불안스러워서일까. 탈선하는 청소년을 보고서도 따끔히 가르치려는 어른들이 없다.

옛날의 학자들보다도 지금의 지식인들이 더 많을 텐데, 어찌해 이 사회를 향해 쓴소리하는 사람이 제대로 없을까. 해이해진 도덕 정신과 불의를 보고도 욕먹기 싫어 강 건너 불 보듯 하는 우리에게 남명 선생께서 한 말씀 하고자 씀바귀를 산천재 뜨락에 무더기로 자라게 했나보다.

'이 나물 먹고 쓴소리 좀 해라. 입에 쓴 것은 약이 되나니…' 무언의 말씀으로 회초리를 드신 것인가.

진정 나라를 위하고 국민을 위하는 위정자가 있어 씀바귀나물 역할을 해 주었으면 좋겠다. 서슬 퍼런 쓴 맛 한 말씀으로 도덕불감증을 확 눈뜨게 해 주는 그러한 역할을.

Chapter **4**

목동의 노래

목동의 노래

　몽골은 12세기경 징키스칸이 유라시아를 정복하여 대제국을 형성한 민족이었지만, 그 명성만큼 문화나 예술에 대해서는 알려진 것이 많지 않다.

　초원의 유목민, 징키스칸의 후예, 아직 개발되지 않은 나라. 이 정도의 교과서적 상식을 갖고 수필가협회 해외세미나에 동참했다. 떠나기 전 몽골의 수필 한 편 정도는 읽어보고 싶었으나 구하지를 못했다.

　국립공원인 테를지 휴양지는 그랜드캐년의 축소판으로 불릴 정도로 자연경관이 아름다웠다. 끝없이 넓은 초원에 여러 종류의 야생화가 간밤에 내린 비로 싱싱하게 물이 올라있었다. 말과 양, 염소 떼가 드문드문 한가로이 풀을 뜯고 있다.

우리나라에서는 보기 드문 에델바이스가 지천으로 피어있어 말먹이가 되고 있다니 아까워 몇 송이 따서 책갈피에 꽂았다.

광활한 초원인가 하면 그 뒤로 우거진 산림이 우뚝 나타난다. 맑은 하늘과 선뜻하게 느껴지는 바람은 초가을의 맛이다. 심호흡을 크게 하여 청량제 같은 공기를 마셨다. 옛날 저 초원에서 수천 수 만의 말발굽 소리로 대 격전의 전쟁터였을 것을 생각하니 그리 아름답게 보이지는 않았다. 유라시아가 거의 징키스칸의 손아귀에 들어갔을 때, 칸에게는 영광이겠지만 얼마나 많은 목숨이 초원 위에 나뒹굴었을까. 우리의 선조인 고려 또한 얼마나 많은 몽골(원나라)의 침략을 받아 왔던가. 나라의 흥망성쇠가 한 줌의 모래바람 같다. 불어오는 바람결 속에 그들의 원혼이 울고 있는 듯하다.

지금도 초원에서는 유목민들이 겔에서 생활하고 있다. 전통적인 생활모습이 별로 변하지 않은 채 관광객을 자연스럽게 맞이해 주었다. 피부는 태양에 그을리고 거칠어졌지만 동글납작하고 오동통한 볼로 배시시 웃는 모습이 우리와 너무도 닮아 서로 말을 주고받을 수 있을 것 같은 느낌이 든다. 서슴없이 겔로 초대하여 음식을 대접하는 순박함이 좋았다.

저녁식사를 하면서 민속공연을 보았다. 그들 특유의 전통음악인 후미(노랫말이 없고 고음과 저음을 입 안에서 나오는 소리가 아니고 배와 가슴에서 울리는 독특한 창법)의 노래로 여러 가지 소리를 내는 것이 신기했다. 초원에서 목동이 부르는 노래라고 하니 스위스의 요들송 같은 것인가보다. 창법이 힘들고 어려워 남자들이 부른다고 한다.

침략을 일삼는 민족이라 노래가 거칠고 호기로울 줄 알았는데 의외로 차분하고 애잔하다. 유목민의 일상생활은 단조롭고도 외롭다. 마을이 형성되지 않아 주변에 인가가 없고 황량한 벌판과 가축, 그리고 지나가는 바람소리가 고작일 것이다. 이러한 정적에 익숙한 몽골인도 때로 무료함과 외로움을 달래려고 노래를 불렀을 것이다. 말 위에 앉아 노을 지는 지평선을 바라보며 노래 부르는 목동의 모습은 차라리 구도자의 모습이 아닐까.

아름다운 여가수가 민요를 불렀는데 몹시 슬프게 들렸다. 그 음률은 마치 사랑하는 사람을 전쟁터로 보내고 초원에서 님이 돌아오기를 애타게 기다리는 여인네의 가슴앓이같이 들렸다. 고음의 소리로 음의 높낮이를 넘나들며 끊어질 듯 이어가는 음이 마치 우리의 아리랑을 연상시켰다.

"나를 버리고 가시는 님은…" 정한이 스며든 노래로 님을 보내고 싶지 않아 발 병이 나서 되돌아오라고 하지 않는가. 한국의 관광객들을 위하여 마지막에 아리랑을 마두금으로 연주해주어 함께 불렀다. 이국에서 부르는 아리랑은 또 다른 감회였다.

　지금 몽골은 개혁의 물결이 일고 있다. 자본주의 경제로 각 분야에서 변화를 맞을 것이다. 몽골의 인상은 마치 야생마를 개혁이라는 우리 속에 넣어 길들이려고 하는 느낌을 받았다. 징키스칸의 불호령 같은 유언 "성을 쌓고 사는 자는 반드시 망할 것이며, 끊임없이 이동하는 자만이 살아남을 것이다."라는 신조를 어떻게 새겨야 할 것인가.

　수천 년 동안 유목민 생활로 이루어진 문화를 정착문화로 바꿔야 하니 그 수고로움이 대단할 것 같다. 초원에서는 지금도 목동의 노래가 들리고 있지 않은가.

아드리아 해변에 서서

광활한 바다는 맑고 봄바람은 살랑거린다.

지금 나는 아드리아 해변 끝자락에 서 있다. 이탈리아 북동쪽 끝 트리에스터에 큰딸이 살고 있다. 사위가 이곳에 직장을 잡아 딸도 서울의 일들을 포기하고 여기에 둥지를 마련했다. 트리에스테는 아드리아 해 북쪽으로 슬로베니아와 가까운 해변도시다. 고대 로마 때부터 도시가 형성되어 중세에는 베네치아의 지배를 받아서 해운업이 크게 번성했으나 그 후 왕국의 몰락으로 오스트리아에 통합되었다가 1954년, 이탈리아령으로 편입되었다. 오랜 세월 오스트리아의 통치를 받아서인지 합스부르크 가의 성도 여러 채가 있다. 언어도 오스트리아어나 독일어를 쓰는 사람이 많다. 시내 한복판에 우니타 디탈리아 광장이 있는데 그곳이 옛날 경제와 문화 정치의 중심가로 옛 건물을 그대로 현재의 시 청사로 쓰고 있었다.

고색창연한 시청 건물과 너른 광장, 잘 다듬어진 해안도로는 경치가 좋아 산책코스로 인기를 끌고 있다. 도로 바로 옆으로 짙푸른 바닷물이 넘실대고, 끝없는 수평선으로 시야가 확 트여 마음을 시원하게 해준다.

따스한 햇살에 산책 나온 사람들이 많았다. 주로 나이 지긋한 노인들이다. 이 도시는 환경이 좋아 살기 좋은 휴양도시 1위로 선정되었다고 한다. 정년을 맞은 노인들이 이곳으로 와서 조용하고 안락한 노년을 보낸다고 한다.

이제 칩거의 겨울은 가고 활기찬 새 봄이 왔다. 생동하는 봄기운을 받으러 바닷가로 산책 나온 사람들이 많았다. 바람은 차갑지만 선창 끝까지 가서 길게 심호흡을 하며 비릿하고 상쾌한 바다냄새를 맡는다. 막힘없이 탁 트인 수평선, 바람결에 수면이 일렁인다. 선창 끝에서 보는 이탈리아 광장 풍경은 여유롭고 한가하며 우아했다. 엽서에 인쇄된 사진처럼.

융성했던 시절, 아드리아해풍을 타고 수많은 범선들이 깃발을 날리며 드나들던 항구, 승전고를 울리며 의기양양하게 입항하던 군인들의 함성, 항구의 특이한 분위기로 술렁이며 흥청대던 곳, 막강한 부와 권력을 누렸던 도시가 이제는 한유한 휴양도시로 변모했다.

비수기인 4월인데도 관광객이 많았다. 하기야 이탈리아는 일 년 내내 관광철이라고 하지 않던가. 끼룩거리는 갈매기의 소리로 우리나라 남해의 어느 바닷가를 연상하게 된다. 저 멀리 해변에 몇 척의 배가 정박해 있다. 그 근처로 지금은 폐업한 조선소의 건물들과 행정 일을 봤던 건물들이 즐비하다. 시커먼 때를 뒤집어 쓰고 있을망정 돌로 지은 범상치 않은 건축물과 조각상들은 그 시절 도시의 번성함을 보여준다. 그러나 지금은 그 기능을 잃은 생기 없는 잔해로 보였다. 해양 대국인 베네치아의 지배를 받았을 때는 동, 서양의 물류기지로 수송업과 어업, 조선업이 크게 번창 하여 바닷가에 크고 작은 조선소들이 많았다고 한다.

역사도 바뀌고 제2차 세계대전 후 항공업의 발달로 해운업은 서서히 사양길로 접어들고 조선업도 함께 기울어졌다. 그 잔해들 이 세월의 껍질을 이고 역사의 산 증인처럼 남겨졌다. 이탈리아의 유적에는 폐허의 잔해들이 많다. 몇 천 년 전 고도(古都)의 잔해들 을 잘 발굴하여 문화유적의 대국, 관광의 대국으로 후손들이 덕을 보고 있지 않은가. 그러나 저 건물은 한 도시의 흥망성쇠가 교과 서처럼 눈에 보이는 처연한 풍경이다.

요즘 우리나라의 조선업이 수출 세계 1위라는 뉴스를 들었다. 선박 수주량이 세계시장 점유율 54%를 차지했다고 한다. 기분 좋 은 소식이다.

암스테르담으로 가는 비행기 옆자리에 삼성중공업에 다니는 직원이 탔다. 노르웨이로 출장을 가는 중이라고 한다. 수주 받은 배를 노르웨이 회사 사람과 같이 설계하여 그 도면으로 우리나라에서 배를 만든다고 한다. 고 부가가치 부분은 외국이 차지하고, 우리나라는 노동기술력을 담당한다고 한다. 뭔가 많이 밑지는 기분이 들었다. 칠, 팔십 년대 근로자들의 노동력으로 외화 벌이를 했던 보세공장이 들어찼던 수출 공단이 생각났다. 이제는 중국의 싼 임금으로 모두 뺏겨 제조업은 사양길이다. 중국의 조선업계가 합병을 통해 몸집을 키우면서 우리나라를 바짝 추격하고 있으니 머지않아 조선업도 밀리지 않을까 걱정스럽다. 설계에서 인테리어까지 모두 우리 기술로 하여 완제품을 수출한다면 얼마나 떳떳할까. 그런 날이 곧 오지 않겠냐며 희망적으로 말하는 옆 사람이 믿음직스러웠다.

딸의 선배로 서울대학교에서 산업디자인을 전공하다 크루즈 인테리어에 뜻을 두고 트리에스테에서 공부한다는 학생 부부 생각이 났다. 이제는 우리의 시야가 넓어져 각 분야로 세밀화되어 간다. 젊은이들의 학문과 기술이 고 부가가치 산업에 많이 투자되어야 할 것이다. 미래의 경쟁력은 오직 신지식과 앞선 기술뿐이다. 조선업이 몰려 있는 남해 바다가 오래도록 활기 넘치는 도시로 남기를 바라는 마음은 눈앞의 잔영에서 오는 충격 때문일까.

우리의 젊은이들을 믿고 싶다.

시베리아를 가다

1. 숙소- 올로치카 통나무 집

2009년 8월 10일, 오후 8시 30분에 인천공항을 출발한 비행기
는 약 4시간의 비행을 마치고 다음날 0시 40분에 시베리아의 이
르쿠츠크 공항에 도착했다. 새벽의 활주로는 불빛만 휘황할 뿐
사방은 적막했다. 기내를 나오니 한기가 느껴진다.

출국 심사가 어찌나 느리고 더딘지 40여 명의 승객이 한 시간이
상 걸렸고, 짐도 또 다시 검사대를 통과해야 하는 번거로움이 있
었다. 친절한 서비스는 아니더라도 새벽에 내린 승객을 생각한다
면 신속하게 움직여 주면 좋으련만 여유만만이다.

숙소로 가는 길은 가로등만이 졸고 있을 뿐 건물은 보이지 않았
다. 한 시간여 달려 당도한 곳은 산 속 통나무집이었다. 나무를

통째, 또는 반으로 가른 원목을 그대로 사용해서 지은 집은 향긋한 송진 내음이 났다. 숲속이라 벌레들이 많으니 창문은 열지 말고 낙후된 시설이 많으니 이해해 달라는 설명이 있었지만, 정작 우리는 동화나라에라도 온 듯 설레고 있었다.

새벽 3시가 넘었건만 시베리아에서의 첫 잠은 좀처럼 오지 않았다. 내일의 여정을 위하여 잠을 청한다. 지바고와 라라의 애틋한 사랑이 있는 시베리아의 눈 덮인 설원을 생각하며 이불을 목까지 끌어 올렸다.

두런거리는 소리에 눈을 떠보니 날이 훤하게 밝았다.

부지런한 친구가 아침 산책을 나가잔다. 두터운 옷차림을 하고 밖으로 나와 보니 우리는 완전히 숲 속에 갇힌 게 아닌가. 고개를 젖혀도 끝이 보이지 않는 나무는 미끈하고 늘씬한 소나무와 자작나무들이었다.

그늘진 틈새로 오솔길이 나 있고 띄엄띄엄 여러 동의 숙소들이 그림처럼 아침 햇살을 받고 있다. 관료들의 휴양지로 사용되어 오던 곳을 지금은 관광객 숙소로 개방되었다고 한다.

2. 이르쿠츠크의 시내 관광

'동쪽의 창문'이라는 별명을 가진 이르쿠츠크는 몽골의 울란바트로와도 멀지 않고 블라디보스톡과도 가까워 태평양으로 뻗어

나갈 수 있는 길목이었다. 중국과 우리나라, 일본에 야심을 둔 소련은 제정시대부터 이 도시를 발전시켜왔다. 이르쿠츠크는 17세기 중반부터 빠른 속도로 발전하여 러시아정교회와 아름다운 옛 건축물들이 많았다.

러시아 특유의 양파 모양의 둥근 돔의 사원과 붉은 벽돌건물, 나무로 지어진 목재건물들이 화려하지 않으면서 정갈한 멋이 난다.

이곳은 유배지로 도로와 철도, 공공건물들이 죄수들의 노역으로 이뤄졌다고 한다. 시베리아 횡단 철도가 이곳을 지나는데, 병들어 죽어간 원혼들의 한숨이 선로 밑에 함께 묻혔을 것 같다.

바이칼 호수에서 내려오는 물은 빠른 흐름으로 앙가라강을 넘실대고 있었다. 한 여름에도 너무 차가워 선뜻 들어가지 못한다는 말에 손을 넣으니 짜릿했다. 넓은 강폭에 급물살을 타고 흐르는 물은 한 겨울에도 얼지 않는다고 한다.

주 정부 청사 앞 키로프 광장은 더위를 피하여 시민들이 많이 나와 있었다. 젊은 연인들은 우리가 곁에 가도 아무 거리낌 없이 사랑 표현을 한다.

사진 모델을 주문하니 더욱 더 뜨거운 입맞춤을 하여 우리가 오히려 민망하였다. 그늘 밑의 한가한 풍경이나 거침없는 애정표현을 보면 이곳이 정녕 공산주의 땅이었던가 의아스러웠다. 공산주의가 붕괴한 것도 결코 우연한 일은 아니리라.

3. 중앙 재래시장

이삼 평 정도로 나누어진 가게는 각종 생활필수품인 과자, 통조림, 과일, 생선, 육류, 소시지, 주류 등을 구분하여 독립된 가게에서 각각 팔고 있었다. 깨끗한 진열과 그림같이 앉아 있는 점원은 물건을 파는 데는 별로 신경을 쓰는 것 같지 않았다. 정부에서 운영하는 시장이라 매상에는 관심이 없어 보였고, 오히려 밖에 있는 노점상이 활기를 띠고 있다.

직접 농사를 지은 작물들을 가지고 나와 파는 사람들이라 흥정의 재미도 있고 우리네처럼 덤도 준다. 소리치며 호객 행위도 하는 걸 보면 어디를 가나 시장의 냄새는 노점에서 나오는 것 같다.

오후 네 시, 한참 달궈진 더위는 그늘 속에서도 식지 않는다. 시베리아라도 한여름 낮 온도는 30도를 웃돈다고 한다. 그러나 건조한 기후라 그늘 속으로 들어가면 서늘함을 느낀다.

시장 맞은편에 이 도시의 유일한 백화점이 있어 들어갔다. 이곳은 주로 옷과 가전제품, 구두 등을 진열해 놨다.

한여름인데 냉방시설이 가동되지 않았고, 자본주의에 익숙해진 내 눈 탓인지 우리 동네 쇼핑센터보다도 초라해 보였으며 진열된 물건들도 많지가 않았다. 아직은 자본주의가 뿌리내리지 못했지만 숨겨진 저력과 풍부한 지하자원으로 그들은 곧 거대한 군상으로 우리 앞에 설 것이다. 옛날의 보따리 장사꾼으로만 생각해서는 안 될 것이다.

4. 데까브리스트 박물관

중심가에 있는 이 박물관은 데까브리스트(러시아어로 12월에 일어난 난으로 참여한 장교와 병사들을 뜻함)가 일으킨 반란이 실패하여 이르쿠츠크로 유배당하여 살던 볼콘스키 공작의 집으로, 그 가족과 다른 데까브리스트들의 유품들이 전시되어 있다.

1825년 12월 14일, 근위사관학교 출신의 귀족장교들이 리콜라이 1세 즉위식 날, 결행한 개혁이 실패하여 주도자 5명은 참형을 당하고 장교 120명은 이르쿠츠크로 유배되는데 그때 남편을 따라온 부인은 열두 명정도였다. 유배 온 장교 중 한 사람이 볼콘스키 장교로 러시아 귀족의 갑부 딸과 결혼했는데 그의 부인도 세 딸과 함께 남편을 따라왔다.

볼콘스키가 가족과 함께 6개월을 걸어서 당도한 동토의 땅 이르쿠츠크, 그는 이곳에서 17년간 중노동의 수감생활, 13년은 거주지가 이르쿠츠크로 제한된 삶을 산다. 이 13년 동안 이루지 못한 혁명의 이념을 이 도시의 부흥에 쏟아 붓는데, 그 공을 인정받아 황제로부터 사면을 받아 60세가 넘어서야 고향으로 가게 된다.

전시실에는 그가 썼던 유품들과 그의 가족사진 그리고 딸들과 부인이 사용했다는 19세기의 피아노의 전신인 하프시코드가 전시되어 있었다. 이 악기는 세계에 단 두 대뿐이라는데, 하나는 호주에 있다고 하니 그 친정집의 재력이 가히 짐작이 간다. 이 집도 친정에서 지어준 것이라고 한다.

음악과 시를 좋아한 부인은 푸시킨의 연인이었다는 설도 있었는데 벽에는 그녀가 애송했다는 푸시킨의 시가 걸려 있었다. 그녀는 매주 음악회를 열어서 유배지의 고달픔과 시름을 달랬다고 한다. 지금도 이곳에서는 자주 연주회가 열린다고 한다. 귀족 출신의 그녀의 취미로 살롱문화가 발전되어 이르쿠츠크는 '러시아의 파리'라는 별칭을 갖게 되었다고 한다.

미남 시절의 장교 모습과 말년의 풍상에 시달린 백발의 수염을 기른 노인의 모습은 아주 대조적이었다.

피 끓는 이념이 수포로 돌아가 범죄자로 고된 중노동을 하면서도 뜨거운 피는 식지 않아 석방 후에 그 도시를 부흥시킨 집념, 혁명이란 꼭 정치를 변화시키는 것만이 아닌 것을 젊은 개혁자는 의지로 보여줬다. 반역자로 낙인이 찍혀도 조국을 배반하지 않고 한 도시를 부흥시켰으니 그것이 곧 혁명이요, 애국이 아니겠는가. 변화한 러시아는 그를 기억하고 있었다.

5. 환 바이칼 관광열차

이르쿠츠크–슬루잔카–바이칼 항구는 옛날의 시베리아 횡단열

차의 한 구간이었으나 지금은 관광기차 여행구간으로 활용하고 있다. 시속 20km의 느린 속도로 일곱 시간을 달리면서 주변의 아름다운 경치를 관상하고, 볼거리가 있는 곳은 잠시 정차를 해서 즐기게 해 준다.

세계 최대의 담수호인 바이칼 호수는 그 길이만 640km라고 한다. 그 광대한 호수를 어찌 한눈에 담을 수 있을까.

아침부터 잔뜩 흐리더니 빗방울이 떨어진다. 열차가 떠날 즈음엔 제법 굵은 빗줄기로 변한다. 기차는 가장 아름다운 구간을 느릿느릿 움직인다. 바다인지 강인지 분별할 수 없이 드넓은 호수는 내리치는 빗줄기에 수천 만 개의 파문이 일어 보석처럼 출렁인다. 한쪽으로는 병풍처럼 둘러쳐진 바위산에 야생화가 빗속에 흔들린다. 아직은 사람의 손때가 덜 묻은 이곳은 천혜의 모습을 간직하고 있다.

흠씬 내리는 빗물에 더욱 푸르러진 나무들, 황홀하게 군락지어 있는 야생화, 이곳이 어찌 동토의 땅 시베리아라고 생각할 수 있을까? 왜 시베리아 하면 얼음 땅만 떠오르는 걸까. 이렇게 푸르고 파란 초원이 있는데. 영화나 책에서 극한의 땅으로만 묘사된 것을 보아온 탓이리라.

유리창에 빗겨지는 물방울을 보며 시나브로 상념은 잊혀졌던 기억들을 헤집는다. 고달픈 삶을 살다 종래는 병마에 휘둘리고

만 어머니의 삶. 들꽃을 좋아하시던 어머니는 봄이 오면 툴툴 털고 일어나 꽃 구경 가자시더니 그 봄을 보지 못하고 가셨으니, 가슴 가득 추운 겨울을 안고 가셨을까. 그 언 가슴을 왜 녹여주지 못했을까. 꽃무리만 보면 어머니가 그립다.

기차는 비에 촉촉이 젖고 있는 고즈넉한 농가 마을에 정차한다. 급조한 양산 하나에 서너 명이 뭉쳐 내렸다. 좋은 날씨면 근사한 전원 농장을 배경으로 사진도 찍을 만한 장소였다.

천막을 치고 테이블을 놓은 간이식당에 몇몇의 사람들이 있다. 오슬오슬 한기에 뜨거운 차라도 마시려고 들어갔으나 보드카를 파는 집이었다. 따끈한 커피 한 잔이 이리도 그리울 줄이야.

약삭빠른 친구가 맥주를 서너 캔 사들고 기차 안으로 올라가잔다. 따끈한 라면 국물에 한기를 재우고 홀짝거리며 맥주를 마셨다(열차 안에는 더운물이 준비되어 있다). 취기 속에서 흔들거리는 야생화가 아름답다.

눈 덮인 대설원, 끝없이 이어지는 자작나무 숲, 북풍한설에 윙윙 우는 바이칼 호수.

편견을 갖고 찾아 온 시베리아는 한 잔 술에 녹아 없어졌다.

스멀스멀 주(酒)님은 객기로 변해가고 있었다.

시베리아의 진주

그곳은 어떤 모습일까.

민족의 시원이 되고 모습과 언어가 닮은 원주민인 브라야트인이 살고 마을 어귀는 당산나무와 솟대가 있는 우리의 시골마을을 상상했다. 이광수의 ≪유정≫에서 최석이 남정임과의 이룰 수 없는 사랑을 정리하고자 이역만리 찾아 온 바이칼 호수. –'정임과의 이룰 수 없는 사랑을 피하여 시베리아로 떠나는 최석은 출렁이는 바이칼 호수에 정임을 목청껏 부르다 통곡한다'– 그런 바이칼 호수를 생각했다. 또 우리말 어원을 연구하던 서정범 교수님이 연구차 여러 번 와 보신 곳이며 "우리 민족의 시원을 바이칼 호수에 두는 것은 옛 풍속에서 샤머니들의 풍습과 죽으면 관속에 칠성판(호수 바로 위에 북두칠성이 있다)을 깔고 눕는 것이나, 백양나무(자작나무) 숲으로 간다는 저승 표현은 우리의 본향이 이곳 바이칼 호수라는 것을 암시한다”고 하시던 말씀의 연장이었다. 그러나 호수 주변은 상업적 냄새와 이국적 모습으로 내 환상을 뭉개 버렸다. 지금 눈앞에 보이는 바이칼 호수는 그저 망망한 바다일 뿐 호수란 말이 무색했고 서정적 감흥도 일지 않았다.

바이칼 호수는 기록으로 압도한다. 2,500만 년이란 세계에서 가장 오래 된 담수호이고 저수량이 세계 담수량의 20%를 차지한다. 330여 개의 하천물이 유입되지만 흘러나가는 수로는 앙가라 강 한 곳으로 항상 수량이 풍부하다. 초승달 모양을 한 길쭉한 호수는 남북의 길이가 636km이고, 수심은 1,742m로 세계에서 가장 깊다. 또한 삼십여 개의 섬을 안고 있다.

제일 큰 섬이 알혼 섬으로 우리 민족의 시원을 여기에 두고 있다. 그곳에는 징기스칸의 무덤이 있다는 설도 있다. 토착 원주민인 브리야트 족의 정신적 뿌리인 샤머니즘과 우리나라의 무속신앙이 유사하고 또 그들의 전통적인 풍습과 우리문화의 뿌리가 비슷한 점이 많다고 한다. 호수의 둘레는 2,200km로 KTX 속력으로 달려도 7시간 이상 달려야 한 바퀴를 돌 수 있다니 그 크기가 짐작이 가지 않는다. 호수의 특수성으로 이곳에 살고 있는 생물의 약 70% 정도는 고유생물로 생물학자들의 관심과 연구가 진행 중이라고 한다. 호수와 주변은 1996년, 유네스코에 세계문화유산으로 등재되었다. 풍부한 담수량과 천혜의 보고(寶庫)로 바이칼은 '시베리아의 진주'라 일컫는다. 11월부터 얼기 시작하는 호수는 1월에는 완전히 얼어서 그 위로 교통 표지판이 세워지고 화물트럭이 다니는 중요한 교통로가 된다고 한다. 호수 주변에 아름다운 야생화가 한들거리는데 이곳이 얼어서 화물트럭이 다닌다는 것이 상상이 안 되었다. 모습이 한눈에 들어오지 않아서일까. 객관적으로 느끼는 호수의 아늑함과 서정 어린 풍경은 없었다. 어느 바닷가의 항구같이 생선을 팔고 배가 떠나는 선착장이 있고, 비릿한 냄새를 풍기고 물새가 날고… 그러나 물은 너무 맑고 깨끗해서 뱃놀이를 하는 것이 무례한 짓으로 보이기까지 했다.

바다 같은 호수를 둘러보기 위해 일행은 배를 탔다. 한 시간여를 달려도 끝이 보이지 않고 수평선만 보이는 호수. 팔월의 태양은 뜨거웠으나 바람은 더없이 선선하다. 출렁이는 물결에 배를 맡겨 시간을 정지시킨다. 이곳의 특산물인 훈제된 오물(생선)을 안주로 보드카를 한 잔씩 돌려준다. 술은 너무 독하고 오물은 질기고 비린내가 심했다. 상기된 얼굴에 스치는 바람이 싱그럽다.

맑아서 수심 40m까지 물 속을 볼 수 있다고 하여 유심히 보았으나 시퍼런 물 속만 보일 뿐 물고기는 보이지 않았다. 풍부한 수량만큼이나 이 호수는 많은 전설을 가지고 있다. 바이칼이란 말은 브라야트들의 언어로 '풍요로운 호수'라는 의미를 가지고 있고, 이 물을 마시면 불로장생한다는 말이 전해 내려온다. 또한 이 물에 손을 담그면 2년, 발을 담그면 5년, 전신을 담그면 10년은 더 살 수 있다는 속설도 있다. 안전한 곳에서는 수영도 하는데 우리는 너무 차가운 수온에 들어갈 엄두도 못 내고 손과 발만 씻었다. 손을 씻고 발도 담갔으니 남보다 7년은 더 살 수 있겠다.

1917년, 러시아의 10월 혁명으로 제정 러시아가 쓰러졌으나 이에 항거한 해군 제독 고르쟉크는 혁명에 밀린 잔존자들과 후일을 도모하려고 시베리아로 피신했다. 많은 귀족과 종교인 등 어린아이와 부녀자들을 합쳐 120만 명의 사람들이 그를 따랐다. 겨울로 들어선 시베리아 날씨는 영하 40~50도를 오르내리는 한파 속에서 많은 사람들이 동사했다. 겨우 25만 명 정도가 살아남아 바이칼 호수를 넘게 되었다. 그날의 날씨는 최대의 극한 날씨로 눈보라가 휘몰아치는 영하 69도까지 내려갔다. 더 이상 걸을 수 없는 그들은 눈보라 속에 하나 둘 쓰러져 모두 동사했다. 끌고 간 군자금인 금괴 500톤도 주인을 잃고 삽시간에 눈 속으로 덮여갔다. 25만 명의 시체와 금괴 500톤은 이듬해 얼음이 녹으면서 서서히 호수 밑으로 가라앉아 버렸다. 바이칼 호수의 전설이 되어버린 영혼과 금괴. 호수 밑바닥에는 엄청난 시체와 금괴가 묻혀 있다고 한다. 너무 깊고 차가워 감히 탐사조차 시도 못하고 전설로만 남아 있다.

역사란 무엇일까. 모든 것이 변해 모습을 찾을 수 없어도 어느 순간 한 점 발자국은 남아 있으리라. 결국은 시간의 흐름일진대 이 시간도 내 인생 한 점 찍히는 역사가 되겠지. '아리랑'을 부르고, '섬마을'을 부르고, '해변의 길손'을 부르며 우리의 인생 한 줄기를 바이칼 호수에 묻었다. 흐르는 것은 사라지나 깊디 깊은 심연 속 어딘가에 한 줄기 우리의 핏줄기가 서려 있다면 그곳에서 영생할 것이다.

빗겨 들어오는 노을에 수평선 끝자락부터 산호색으로 변하더니 수면은 금세 담홍색 비단길이 되어간다. 불어오는 바람 따라 잔물결이 일렁이더니 수면이 뭉쳤다 펴졌다하며 마치 발레리나의 절정의 몸부림처럼 격정의 춤사위를 보여준다. 물결은 반짝이는 구슬이 되어 제각각 빛을 발하며 수많은 보석으로 변해간다. 황혼속의 꽃. 오색영롱한 진주! 숨죽여 공연을 관람하는 사이 내 얼굴이, 친구의 얼굴이, 우리 모두의 얼굴이 보석으로 변해가고 있다. 역시 바이칼은 시베리아의 진주였다. 물리적 가치의 진주보다는 감성적 가치의 진주를 보았다. 우리는 가슴속에 진주 한 알씩 품고 돌아왔다.

양파와 일본인

한국의 설성(雪城)문학회원들과 일본의 '윤동주 시를 읽는 모임' 회원들이 추모제를 지내기 위하여 후쿠오카의 옛 형무소 담과 연결된 니시모모치 공원에 모였다.

형무소는 해방 후 구치소로 바뀌어 산뜻하게 새 단장을 해 놓았다. 특수한 환경공간이라 그 속으로 들어가지 못하고, 육중한 콘크리트 담 대신에 야트막한 녹색 철망 울타리로 변한 곳에 '윤동주 66주기 추모제' 현수막을 걸고 제사상을 차렸다.

지금은 관공서처럼 보이지만 60여 년 전 이 형무소는 어떠했을까. 삼일절을 며칠 앞두고 일본에 와서 식민시대의 희생양이 된 분들을 생각하니 울컥 올라오는 묵직한 감정에 세월의 격세지감을 느꼈다. 비록 울타리 밑의 초라한 제사상이지만 오십여 명의 참석자들 가슴은 감회와 회한으로 분위기를 꽉 채웠다.

김우종 교수님과 일본 측 대표의 인사말에 이어 양측이 준비해 온 윤동주 시를 한 사람씩 낭송했다. 잔뜩 흐린 하늘이 행사가 시작되자 구름을 서서히 걷고 보드라운 햇빛을 비친다. 마치 윤동주 님이 반가운 인사를 하는듯.

머리가 희끗한 일본 회원이 시를 낭송했다. 떨려서 음성이 불안한가 했더니 낭송을 중단하고 감정을 다스린다. 마음을 진정시킨 후 다시 낭송을 했지만 울먹임을 멈추지 못하고 한쪽 구석에서 어깨를 들먹거리며 울어버린다.

추모식이라는 행사이기에 분위기가 사뭇 무거웠는데 이분의 낭송으로 한층 더 숙연해졌다. 행사의 뒷풀이로 간담회를 근처에 있는 사와라(早良)시민센터에서 가졌다.

'윤동주 시를 읽는 모임'은 순수한 일반인으로 윤동주의 시를 좋아하는 사람들이 모여 낭송도 하고 독후감을 서로 교류하면서 17년간 이어 온 모임이다. 시를 더 잘 이해하기 위해 한국어도 배우고 있단다. 일본 사람도 아닌, 더구나 일본에 저항적 감정을 가지고 있는 한국 시인의 작품을 좋아하고 공부까지 한다니 아직 우리에게는 이런 모임이 없다는 것에 부끄럽기도 하고 이해하기도 쉽지 않았다.

낭송하면서 눈물 흘렸던 분에게 왜 그토록 가슴 아파 했느냐고 물어 보았다. 그 시는 〈쉽게 씌어진 시〉로 자기가 태어나기도 전에 쓰여진 것이지만 일본인들의 야만적 행동과 그분이 겪은 고초와 고뇌를 읽을 수 있어 사죄하는 마음으로 그렇게 울게 됐다고 했다.

한국인의 감정을 한 자락 깔고 물어 본 내가 머쓱했다. 이것이 그네들과 공감할 수 없는 역사의 굴곡인지도 모르겠다.

그 시는 윤동주가 일본의 릿쿄대학에 다닐 때 쓴 것으로 추측하고 있다. 시에는 ‘육첩 방은 남의 나라’라는 구절이 나오는데 일본에서의 외로운 처지와 힘들고 불행했던 시대의 아픔, 그리고 당신에게 찾아 올 죽음의 그림자를 예감하면서 비장한 마음으로 쓴 것이었으리라. 읽으면 가슴 뭉클한 설움이 일렁거린다. 이러한 감정들을 그 낭송자는 모두 이해하였기에 가슴이 아팠을 것이다.

지난 해 여주에 있는 명성황후의 생가를 방문한 적이 있다. 그 기념관의 여러 가지 자료와 전시물에서 일본 관광객들이 방문하여 명성황후 시해사건을 사죄하는 글과 무릎 꿇고 용서를 비는 모습의 사진을 보았다.

2001년 일본의 신오쿠보 전철역에서 고 이수현 학생이 만취한 일본사람을 구하고 죽은 사고가 있었다. 신문에서는 연일 대서특필로 다뤘고 일본인들은 그때의 감동을 잊지 않고 해마다 추모제를 지내고 그의 영화까지 나왔다. 한 목숨 살리고 그는 영웅이 되었다.

마루타가 되어 죽어간 저항시인의 시를 읽으며 눈물을 흘리고, 명성황후 영정 앞에 무릎을 꿇는 것은 무슨 의미이며, 영웅대접하며 추모제까지 지내는 행동은 무엇인가. 식민시대의 참혹한 억압이 앙금처럼 남아 있고 그 시절의 친일파 족보를 만들어 발표하고 있는 우리의 현실 속에서 이 감정들은 받아들이기가 혼란스러웠다. 양파처럼 벗기고 벗겨도 그 속이 보이지 않는 일본인의 속성이지만 그러나 맑고 투명한 속살같이 시를 읽는 여인은 순수해 보였다.

얼마 전 ≪시≫라는 영화가 상영되었다. 일상의 힘들고 고단한 생활을 한 줄의 시로 승화시키고, 내면의 어둠을 밝은 곳으로 끌어 올리려는 인간의 염원을 노배우의 꾸밈없는 연기로 잔잔하게 보여준 작품이다.

시란 인간의 순수한 내면의 아름다움을 끌어내는 것이라 생각한다. 일상의 잡다한 욕망의 굴레 속에서 어둡고 괴로웠던 마음도 한 줄의 맑고 아름다운 언어의 속삭임으로 위안이 되고 희망을 갖는다. 이것이 시가 주는 진정한 선물이 아니겠는가.

시를 낭송하는 시간에는 우리의 아픈 기억도 덮이고 오로지 시만 존재했다. 아니 저들은 애초부터 갈등은 전혀 없이 오직 윤동주 시에만 열중하고 있었던 것 같다. 나만이 가슴 밑바닥에 역사의 어두운 잔재를 깔고 바라보았던 거였을까.

　일본과 우리는 출렁이는 현수교를 건너듯이 사건이 부딪칠 때마다 흔들거리며 이어져왔다.

　'별을 노래하는 마음으로 모든 죽어가는 것을 사랑해야지'의 시구처럼 윤동주 님의 평화를 사랑하는 마음을 새기면서 성천각(숙소) 식탁 위 지포(紙布)에 쓰여진 하이쿠(俳句) '현수교를 건너온 사람도 또 탕에 잠기다(吊り橋を 渡る人もまた 湯に 浸る)'가 생각나 피곤한 여행객의 몸을 온천물에 담갔다.

　'죽는 날까지 하늘을 우러러 한 점 부끄럼이 없기를' 기원하면서 〈별 헤이는 밤〉 속으로 침수했다.

아름다운 사람이 머문 자리

목적지까지 가지 못하고 도중에서 내려야 했다. 종종걸음을 치며 겨우 지하철역 화장실에 들어갔다. 아침부터 뱃속이 불편하더니 외출 중에 소식이 왔다. 아찔한 고비를 넘기고 편안한 변기에 앉아 일을 끝내고 나니 시원했다. 화장실이 참 고마웠다.

사람에게는 먹는 것 이상으로 배설하는 것도 중요하다.

사람의 생활 속에 이러한 편리한 장소들이 언제부터 들어왔을까. 까마득한 원시 시절에는 배설에 그리 신경을 쓰지 않았을 것이다. 야생에서 수확한 먹을거리를 먹고 다른 동물들과 마찬가지로 들판의 적당한 곳에서 해결했겠지. 사람이 수치심이 생기고부터 변소라는 장소가 생겼을 것 같다.

과연 지금과 같은 화장실은 언제부터 생겼을까.

옛 문명의 발원지인 메소포타미아 지역과 인더스 강 계곡에 기원 전 3300년경에 하수를 이용한 분뇨구덩이로 추측되는 유적들이 있다. 로마제국 때에도 공중 목욕탕과 같은 사교적 장소로 공중 화장실이 있었는데, 주로 귀족남자들이 사용했다. 화려하게 꾸며진 탁 트인 공간에 대리석으로 긴 의자를 만들어 그 위에 열쇠 모양의 구멍을 많이 뚫어 놓고 여러 사람이 같이 앉아서 볼일을 보면서 이야기를 나누며 사교를 했다. 변기 앞에는 물이 흘러 배설물이 흘러가게 만들었다. 이 고대 변소의 일부가 지금 로마 외곽의 오스티아에 남아 있다.

세계 생활사를 보면 중세기 유럽도시들은 쓰레기와 배설물로 악취가 심했다. 아름다운 궁전에서는 밤마다 화려한 연회가 열리지만 이러한 낭만과 사치의 뒷면에는 웃지 못할 이야기들이 많았다. 화장실이 제대로 없어 으슥한 계단 참이나 담벽에 실례를 했다. 여자들의 치마가 항아리 모양같이 둥글고 붕 뜨게 만든 것은 배설하기 편하게 만든 것이라는 일화도 있다. 골목마다 어두워지면 2층 창문에서 요강에 담은 배설물을 버려 때마침 그곳을 지나가는 행인은 날벼락을 맞기도 했다.

이러한 생활에서 나는 악취를 없애고자 일찍이 유럽에서는 향수 문화가 발달하기도 하였다. 남녀노소를 불문하고 향수를 사용했고, 너무 뿌려 오히려 고약한 냄새를 풍기기도 했다. 특히 병든 사람한테서는 더 심한 냄새가 나서 꽃을 놓았다. 오늘날 병문안을 갈 때 꽃을 가지고 가는 것은 그 유래에서 생겨났다고 한다.

귀족들은 변기의자라고 하는 것을 사용했는데, 걸터앉는 곳에 아름다운 그림을 넣기도 하고 부드럽게 우단이나 가죽방석을 깔아 치장을 하기도 했다. 변기 항아리는 은이나 주석으로 장식도 했다. 루이 14세는 이러한 변기의자를 상당히 좋아해 볼일을 보면서 손님을 맞이하기도 했다. 사치의 왕답게 배설의 도구까지도 호화롭게 꾸며 자랑했던 것 같다.

궁전 안까지도 배설물로 더럽혀지자 급기야 궁전 안에서는 대소변을 금지하라는 명령이 내려졌다. 오늘날에도 베르사유궁전 안에는 화장실이 없다. 관광객은 미리 밖에서 볼일을 보고 관람을 해야 한다.

파리에서는 악취를 없애고자 지하로 오물이 흐를 수 있도록 대대적인 하수도 공사가 이루어졌다. 널찍하고 은폐하기 좋은 이곳은 한때 빈민굴이 되어 부랑자와 범죄자의 은신처가 되기도 했다. 소설 ≪장발장≫에서 장발장이 자베르 경감을 피해 도망 다니는 장소였고, 오늘날에는 잘 설비된 하수도를 관광 상품으로도 활용하고 있다. 요강에서 오늘의 최신 수세식 변기가 나오기까지는 19세기 후반이라는 기나긴 시간이 소요되었다. 따뜻한 비데 위에 앉아서 각종 서비스를 받을 수 있는 최신 전자장치는 거의 일본이 만들었다.

우리나라 화장실 역사는 어떠했을까. 지금은 보편적으로 화장실이라고 부르지만 그 이름도 여러 가지다. 정방(淨房), 뒷간, 측간, 정낭, 통싯간, 똥통싯간, 똥구당, 변소, 해우소.

경주 불국사에 돌로 만든 수세식 변소의 흔적이 있었다고 하니 우리도 오래 전부터 변소에 대한 위생적 관심이 있었나 보다. 얼마 전 공주 박물관에서 백제시대의 토기로 만든 아이들이 사용했음직한 남녀 변기를 보았다. 조선시대 임금님과 왕비는 '매우틀'이라는 좌식변기를 사용했고, 변도 '매우' '매화'라고 격조 높여 불렀다.

지금도 사찰에 해우소라는 공동 재래식 변소가 많이 남아 있다. 이십여 개의 나지막한 칸막이로 여럿이 동시에 사용할 수 있는 공동변소 형태의 해우소는 똥통이 얼마나 크고 깊던지 아래를 보면 현기증이 일어날 정도이다. 선암사의 해우소는 지방문화재로 등록까지 된 곳이다.

몇 십 년 전만 해도 마당 한구석이나 대문 밖 한적한 길섶에 헛간을 짓고, 그 안쪽 한편으로 재를 수북이 싸놓고 변을 보고나면 재로 덮어 놓게 만들어 놓았다. 어린 시절 한밤중에 변소를 갈 일이 생기면 난감했다. 무서워 자는 동생을 깨우면 궁시렁거리며 따라 나섰다. 나보다 어리고 힘도 약한 동생이지만 변소 앞에

세워두면 무섭지 않았다. 지금은 시골에 가도 마당 한 구석에 있
던 재래식 변소는 보기 드물고, 가옥이 개선되어 대부분 집안으로
들어와 있다.

1960년대 초 중학생 때 지금의 세종문화회관의 전신인 시민회
관에 행사가 있어 참석하러 갔다. 화장실에 갔는데 지금의 양변기
로 되어 있었다. 처음 본 물건이라 어떻게 사용해야 할지 몰라
다음 칸으로 갔다. 그곳도 같았다. 한참을 고심하다 그 위로 어렵
게 올라가 쭈그리고 앉아 볼일을 보고 나온 적이 있었다. 하얗고
얄팍한 말굽모양의 발판에 엉덩이를 대고 앉아야 한다는 것을 뒤
늦게 알고서는 얼마나 창피했는지, 웃지못할 기억으로 남아있다.

화장실은 배설의 장소만은 아니었다. 인간의 생과 사도 일어났
다. 신성로마제국의 황제인 찰스 5세는 화장실에서 태어났다. 우
리의 옛 어머니들도 화장실에서 아기를 낳았다는 이야기가 많이
전해진다. 가수 엘비스 프레슬리는 화장실에서 죽었고, 우리나라
의 유명연예인도 화장실에서 죽은 사람이 있다. 옛날에는 변소에
빠지거나 넘어지면 시루팥떡을 해서 귀신의 노여움을 풀기 위해
정성껏 빌기도 했다.

이제는 지하철역, 고속도로 휴게실 등의 공공장소 화장실은 깨
끗하고 아름답게 꾸며져 불편함이 없다. 청결한 환경과 아름다운
음악이 흐르고 깨끗한 화장지가 넉넉하게 비치된 우리나라 화장

실은 가히 국제수준이다. 외국을 여행하다 보면 그 나라의 문화 수준을 화장실로 판단한다는데 유럽의 화장실은 별로 깨끗하지도 않고 인심도 사납다. 이탈리아 여행에서는 숙소나 레스토랑을 제외하고는 모든 화장실이 유료였다. 우리의 80년대처럼 화장실 앞에 앉아서 동전을 받고 있었다. 베네치아에서는 모든 쓰레기와 오물들이 배로 운송이 되어 사용료도 비쌌다.

우리나라 화장실은 88올림픽과 2002월드컵을 치르면서 명실공히 국제수준이 되었다. 내가 사는 수원은 화장실 문화 개선의 선두 도시다. 1990년대 후반부터 화장실 문화운동을 주도한 고심재덕 전 수원시장은 '미스터 토일렛(Mr.Toilet)'이라는 별명까지 얻어가며 화장실 개선에 선구자적 역할을 했다. 생전에 살던 집을 변기 모양으로 지어 화장실 문화의 상징으로 만들어 사후에 수원시에 기증하기도 했다. 수원 화성의 '전망 좋은 화장실' 광교산 입구의 '반딧불이화장실' 광교공원의 '다슬기화장실'등은 대표적인 아름다운 화장실이다.

이제 화장실은 배설의 장소를 넘어 문화의 척도까지 되었다. 화장실 문 안쪽마다 '아름다운 사람은 머문 자리도 아름답다'라고 붙은 표어는 얼마나 우아하고 마음에 드는 권유인가. 우리 모두가 아름다운 사람이 될 때 화장실의 혁명은 계속될 것이며 우리의 문화도 한층 더 아름다워질 것이다.

한밤중 변소 앞에서 느꼈던 끈끈한 형제애와 구름 속으로 숨바
꼭질하는 달님을 보고 흐르는 유성에 내 소원을 말하던 유년의
기억들이 우리 시대로 마감하는 유산이 되었다 해도 지금 이 쾌적
한 문화를 누린다는 것은 고마운 일이다.

깨끗한 변기에 걸터앉아 한동안 별별 생각에 잠겨봤다.

참고서적 : ≪1.5평의 문명사≫ 도서출판 푸른숲

피는 꽃 지는 꽃

충남 보령 지역을 여행하다가 근동에 있는 홍산 무량사에 갔다. 사전 지식도 없는 우리에게 안내자는 한번 가 볼만하다고 하여 따랐는데, 뜻밖에 횡재한 기분이었다.

동네에 인접해 있는 절은 아주 조촐한 가람이었다. 산문으로 이어지는 호젓한 길에 우람한 노송과 대웅전 앞 5층 석탑이 우리를 맞을 뿐 경내는 고즈넉했다. 2층으로 된 단아한 대웅전과 조그마한 요사채 하나, 김시습 영정을 모신 작은 별채, 오랜 풍우에 마모된 석탑, 넓지 않은 마당 한편에 아름드리 느티나무 한 그루. 이것이 무량사의 전부였다. 절마다 으레 벌이는 증축 불사도 없었고 퇴색한 단청이 세월의 무게를 대변하는 듯 처연해 보였다.

이 절은 통일신라 때 범일 국사가 창건했고 김시습이 말년을 보냈으며 그의 부도와 직접 그렸다는 자화상이 별실에 안치되어 있었다.

격동하는 시대를 표류하던 그가 전국의 산사를 두루 다니며 은자의 말년을 보냈다는데, 이곳에서 자화상과 부도를 볼 수 있는 것은 뜻밖의 행운이었다. 올곧은 그의 성품과 시대의 회오리바람으로 천재적인 학식을 실천에 옮기지 못하고 광인처럼 살다간 풍운아의 모습은 다부지고 강건한 자세로 '당신들은 이 시대를 어떻게 헤쳐 나가느냐'고 관람자에게 묻고 있는 듯했다.

김시습은 5살 때 세종대왕에게 천재성을 인정받았으나 성인이 되었을 때는 이미 세조가 왕위를 찬탈한 후였다. 공부하던 책을 모두 불살라 버리고 주유천하로 세월을 보냈다. 뜻을 이루고자 학문을 익혔지만 격동하는 시대의 흐름에 야합하지 않고 속세를 등지고 말았다. 후에 율곡도 '그는 재주가 그릇 밖으로 넘쳐흘러서 스스로 수습할 수 없었다.'고 하며 '영특하고 예리한 자질로서 학문에 전념하여 공과 실천을 쌓았다면 그 업적은 한이 없을 것'이라며 저서 ≪율곡집≫에 김시습을 기록하였다.

학식이 많고 덕망이 있는 천재라도 시대를 잘못 만나면 사장되고 마는가. 그의 깊은 학문과 사상은 책으로만 전해질 뿐이다. 피지 못한 꽃이 못내 안타까웠다.

산사를 두르고 있는 나목들이 세찬 바람에 가지가 휘어지고,

이파리를 떨어뜨린 우듬지는 까칠한 모습으로 힘겹게 겨울을 나고 있었다.

며칠 전 신문에 모 과학고등학교에 다니는 학생이 성적이 잘 안 나왔다는 이유로 자살했다는 기사가 났다. 과학고등학교에 다닐 정도의 학생이라면 주위에서 영재라는 소리를 듣고 자랐을 것이다.

또 얼마 전에는 어린 7살짜리 꼬마가 고입 검정고시에 합격하고, 이제는 대입 검정고시에 도전한다고 한다. 아이의 교육을 위해 아버지는 하던 사업도 중단하고 뒷바라지에 나섰고, 내년에 부산과학영재학교에 입학시킬 계획이라고 한다.

어느 시대 건 천재는 존재한다. 과연 이러한 천재를 어떻게 인적자원으로 활용할 수 있는가는 그 시대의 정책에 달려 있는 것 같다. 공부라는 중압감에 생을 포기한 학생은 잘못된 사회적 풍토와 신빙성 없는 교육정책의 피해자가 아닐까.

7살짜리 꼬마의 학문이 성숙할 때는 그의 천재성이 유감없이 발휘될 수 있는 사회가 되었으면 한다.

이, 삼십여 년 전일까 그때도 꼬마 천재가 나타나 떠들썩했다. 10살도 안 된 어린아이가 대학생과 같이 공부를 하고, 그것도 성에 안 차 미국으로 영재교육을 받으러 갔다고 했다. 그 후 그의 소식은 그저 보통사람이 되었다느니, 정신적 성장과 육체적 성장의 차이로 정신병을 앓고 있다느니, 뜬소문이 시끄러웠다.

교육은 백년지대계라고 한다. 어린 천재들을 키워 낼 수 있는 체계적인 교육방안과 신지식과 기술을 습득할 수 있는 자유로운 기회를 많이 갖게 해주는 것이 기성세대가 해야 할 일이다. 지하자원이 없는 우리나라가 이만큼 성장한 것은 국민의 높은 교육자원이 있었기 때문이다. 이제는 그 수준을 넘어 천재들을 키워야 할 때가 아닌가. 이 세상에는 여러 분야에 많은 천재들이 있어 우리의 삶을 한층 풍요롭게 해준다. 열매 맺는 꽃들이 있으므로 우리가 보다 격 높은 문화를 즐기며 안락한 생활을 할 수가 있으니 꽃이 활짝 필 수 있도록 좋은 화단을 만들어주는 것은 위정자들의 몫이다.

피지 못한 꽃이 어찌 김시습뿐이겠는가. 이제는 사회체제에 적응 못하고 봉오리째 지는 꽃이 다시없기를 바라는 마음이다.

쉽게 피는 꽃은 없다

활짝 웃고 있는 달인은 삶의 진정한 승리자였다.

모 방송국에서 방영되는 〈생활의 달인〉이라는 프로에는 다양한 분야에서 최고의 달인이 된 사람들의 사연이 소개된다. 나는 이 프로를 즐겨 시청하는데 그들의 치열한 직업정신과 남다른 노력에 감탄을 보내며 나를 돌아보는 시간이기도 하다. 이 프로에 출연하는 달인들 대부분은 몸으로 하는 힘든 직업들로서 선망 받는 곳도 아니고 열악한 작업 조건 속에서 이, 삼십여 년을 그 분야에서 한결 같이 일한 사람들이다.

재활용센터에서의 빈병 정리하는 사람, 중국음식점에서 수타국수 만드는 사람, 노점상의 떡볶이, 김밥말이, 철판볶음집의 주방장, 냉면집의 주방장, 신문배달원 등등 우리생활에서 그저 평범하게 보이는 직업에서 그들은 열심히 노력하여 맛과 기술로 남이 따라 올 수 없는 최고의 고수자리에 우뚝 선 사람들인데 오로지 남보다 더 열심히 일했을 뿐이라고 겸손하게 말한다. 그러나 그들의 굵은 손마디와 손등과 팔목에 난 상처들이 그간의 고생이 얼마나 많았었는지를 대변해 주었다. 이제는 그 힘들었던 세월들을 돈으로 보상받는다며 활짝 웃는 모습이 당당했다. 지금은 여유 있게 웃으면서 말하지만 어디 쉽게 피는 꽃이 있으랴 좋은 열매일수록 그 과정이 얼마나 지난하던가.

가족에게 시간을 다 소비하고 나만의 시간을 갖지 못하던 시절, 가슴속 한 귀퉁이에 못 키운 씨앗 하나 묻어 놨었다.

학창시절 어느 누군들 문학에 대한 꿈과 그리움이 없었겠는가. 책을 읽고 영화를 보면 내가 주인공인 것처럼 애달프고 그립고 가슴 떨렸다. 이러한 시간들은 청년기의 한 과정이려니 했는데, 지천명 초로의 길가에 스멀스멀 싹이 트고 있었다. 시간이 여유로워지자 싹은 힘차게 솟아오르면서 몸속 이곳저곳에서 꿈틀거렸다.

S교수님의 수필 강의를 받게 되면서 그럴듯한 나무로 자라기를 기원했다.

어쭙잖은 글 솜씨로 빨간 열매도 만들었고 노란 열매도 만들어 색색의 열매를 달았다. 그러나 그 열매는 탐스럽고 먹음직한 열매가 아니라 시큼털털하고 쭈그러들고 벌레 먹기가 일쑤였다. 남 앞에 보이기가 부끄러웠다. 글쓰기의 어려움을 깨우치는 순간들이었다. 등단 초기에 겁 없이 달려든 작품들에서는 설익은 냄새가 풀풀 났다.

글을 쓸 때 어느 순간 꽉 막혀 오도가도 못 하는 순간을 경험하게 된다. 하나의 적절한 낱말이 이쪽과 저쪽을 연결시킬 수 있을 텐데 그 단어가 생각이 나지 않는 것이다. 등줄기에선 땀이 흐르고 머릿속은 텅 비어 멍해진다. 두 눈을 감고 머리를 쥐어 짜보지만 캄캄하다. 쓰던 것을 멈추고 깊은 회의에 빠진다.

절벽을 만난 기분이다.

왜 나는 이런 고된 작업을 사서 할까.

누가 하라고 등 떠밀지도 않았건만 무엇 때문에 이 고생을 하는 걸까.

이따금 깊은 회의도 생긴다. 그러나 그 어려운 고비를 넘기고 하나의 글이 완성될 때의 뿌듯함은 그간의 겪은 고통보다 더 큰 가슴 벅차오르는 기쁨 때문에 결코 포기하지 않고 지금까지 견디어 온 것이다.

이러한 맛은 누구나 다 느낄 수는 없다. 글을 쓰는 사람들이 경험으로 느낄 수 있어 동호인 끼리 모임을 갖고 문학에 대해 이야기하는 즐거움은 글쓰기와의 또 다른 맛이다. 지금 독자 수보다 작가 수가 더 많다고 양산되는 수필가들을 걱정하지만 아직까지는 문단 밖에서는 작가가 선망의 대상인 것 같다.

"글을 쓰는군요." 비웃음보다는 부러움의 표현이라고 생각하고 싶다. 그래야만 작가로서 자긍심도 생기고 그들을 실망시킬 수 없어 글쓰기에 더욱 정진할 수 있을 테니까. 글 쓰는 사람으로서 최소한의 예의로 글다운 글을 써야 하니까.

이제 곧 녹음방초 우거지는 여름이 되면 우리의 산하는 더욱더 성숙할 것이다. 계절의 변화에 따라 꽃이 피고 지는 것 같지만 한 송이 꽃을 피우기까지는 그 속에 많은 인고의 세월이 담겨 있다. 모진 추위와 더위, 혹심한 가뭄과 장마 이런 어려움을 꿋꿋하게 버텨 온 나무와 풀들만이 참아 온 그 세월을 꽃으로 피워낸다.

들판에 지천으로 자라는 야생초조차도 쉽게 꽃을 피우지 않는다.

실하고 좋은 열매를 모두가 맺고 싶어 하지만 그것을 얻기 위해서는 시우쇠가 몇 번의 담금질로 쓸모 있는 연장으로 벼려지듯이 나의 글쓰기도 많은 담금질이 필요할 것이다. 이 세상에 쉽게 피는 꽃은 절대 없으니까.

가을볕 아래서

활짝 연 창문 안으로 가을이 한 아름 안긴다. 정자 그늘에서 어린 손자와 할머니들의 맑은 웃음소리가 아파트 광장으로 퍼진다. 느긋한 정오, 장롱 속 이불을 꺼내어 탁탁 먼지를 털어 볕 좋은 곳에 널고, 옷가지들도 손질해 바람을 쐬고, 늘어지는 내 마음도 햇살 밝은 창 앞에 널어놓는다.

가을의 한복판에서 쏟아지는 햇볕을 그냥 흘려보내기가 아쉬워 붉은 고추를 말리고 호박과 가지도 썰어 말려본다. 잘 익은 붉은 고추를 멍석에 널면서 하늘을 쳐다본다. 높고 파란 하늘은 모든 열매가 실팍하게 익어갈 수 있도록 넉넉하게 인심을 베푼다.

따스한 등의 온기를 느끼며 고추를 뒤적이면서 무녀리를 골라낸다. 때깔 좋은 것으로 샀건만 말리다보면 시원찮은 것들이 생긴다. 벌레가 먹었거나 상처를 받은 놈은 누렇게 병들고 색깔도 안좋다. 매일 골라내도 다음날 또 서너 개는 나온다. 그래도 아까워하지 말고 골라내야 한다. 섞어서 빻아 놓으면 색도 안 좋고 맛도없다.

통통하고 실팍한 고추가 이삼 일이 지나면 시들시들하고 쭈글쭈글하다. 하루가 다르게 물기가 없어지면서 속의 씨가 훤히 보이게 투명한 색깔로 말라간다. 마치 내 모습과 비슷하다는 생각이든다. 이제 실팍했던 시절은 가고, 물기 없이 시들어가고 있는중년 모습을 보는 듯하다. 머잖아 속이 보일 정도로 말라 버리면그때는 어쩔 건가. 고추야 곱게 빻아 양념이라는 훌륭한 이름으로탈바꿈하지만, 나의 말년은 자식들의 생활에 양념 노릇도 못하고오히려 짐이나 되지 않을까 걱정이 앞선다.

무녀리를 골라내면서 내가 살아온 발자국을 더듬어 보았다. 판단 미숙으로 무녀리가 된 많은 나의 발자국들. 후회라는 이름으로남아버린 무녀리들.

맑고 고운 색깔로 속이 훤히 보이도록 잘 마른 고추는 달착지근하면서도 매콤한 맛으로 양념의 기본이 된다. 속이 메스껍다거나밍밍한 음식으로 개운치가 않을 때 얼큰한 매운맛 한 그릇에 속이시원해지는 느낌을 경험해 보았으리라. 눈물을 흘리면서도 매운맛을 즐기는 이유는 입안 가득 퍼지는 긴장감과 폐부를 스치는 짜릿한 통쾌감으로 카타르시스를 느끼기 때문일 것이다.

내 삶에 기본이 된 양념은 무엇이었을까.

사람은 모두 행복해지고자 한다. 그 행복의 조건은 무엇일까. 가정일까. 재물일까. 자신의 성공일까. 무엇이라고 선뜻 꼽을 수 없는 것은 모두 다 가져야 행복하다고 생각하기 때문일 것이다. 버릴 수 없는 욕심 때문에 애면글면하면서 살아왔다.

육십여 년 살아오면서 내 삶에 흐르지 못하고 고인 물은 얼마나 될까. 현실에 안주하면서 꿈의 끈을 놓고 그렁저렁 살면서 네 탓만 하고 긴장감을 풀어 놓고 보내는 시간, 가끔은 고춧가루 같은 매운 양념이 필요하다.

선뜻 바람이 불어와 후드득, 나뭇잎이 떨어진다. 단풍 빛깔도 채 못 낸 놈들이 성미 급하게 시들어 떨어지는 것이다.

아직은 이른 나이에 생을 마감하고 가버린 친구의 모습 같아 애잔하다.

부름에는 순서가 없다지만 자연에서도 일찍 가는 놈은 무슨 사연이 있는 걸까. 짧아지는 추광(秋光)처럼 얼마 남지 않은 내 시간을 매콤한 고춧가루 양념으로 맛있게 비벼 볼 것이다.

황금의 비

―내 생애 아름다운 82페이지 관람기

봄바람에 유혹되어 몇몇 문우들과 천경자 씨의 전시회에 갔다. 한동안 우리 곁에서 소원하더니 오랜 침묵을 깨고 전시회를 한다. 옛 스승을 만난 것처럼 반가워 커다란 포스터 앞에서 사진도 한 장 찍었다. 옛날에 보던 그림 앞에서는 설레기까지 하였다. 낯익은 작품들도 있었고 90년대에 그린 것도 몇 점 보였다. 소장품과 평소 입었던 옷도 전시되어 그의 일상을 보는 듯해서 좋았다.

젊었을 때에는 자주 미술전시회에 가곤 했다. 그때의 전시관이란 시민회관과 신문회관, 고궁, 인사동의 몇 안 되는 갤러리뿐이었다. 이따금 백화점 지하화랑에서도 열렸지만 나는 신문회관 쪽을 주로 갔다.

그즈음 천경자 씨의 그림을 전시회에서와 신문에 남태평양 기행그림이 연재되고 있어 자주 접했다. 그의 작품은 다른 사람의 작품들과는 차별되어 이국적인 그림을 보는 듯했고, 전설적 배경과 몽환적 색채가 나를 매료시켰다.

여고시절 방학 숙제 중에 그림을 하나씩 그려오는 것이 있었다. 나는 르느와르의 〈책 읽는 소녀〉를 파스텔화로 그려갔다. 개학 후 내 그림이 커다란 액자에 넣어 학교 현관에 걸렸다. 현관은 언제나 미술반 차지였는데, 내 그림이 걸린 것이다. 선생님들과 친구들로부터 그림공부를 해보라는 칭찬과 격려도 받았다. 이것에 고무되어 그 후 그림에 대한 관심이 많아졌다. 열심히 습작도 해보고 좋은 그림 만나면 스크랩도 해 놓고 수시로 감상하며 즐겼다.

내가 좋아했던 남학생도 그림을 잘 그렸다. 여러 단체에서 미술상을 많이 탄 그는 생일카드나 크리스마스카드는 꼭 그려서 주곤했다. 만나면 화가들의 일생에 대한 많은 이야기를 나눴다. 특히 고흐에 대한 이야기를 많이 했는데, 뜨거운 예술의 혼이 경제적 어려움 속을 헤쳐 나가기가 얼마나 힘든 것인가를 말할 때는 어려운 자기 처지를 대변이나 하듯 슬퍼 보였다. 그 후 그는 대학 진학을 포기하고 직장을 택했다. 멀리 뛰기 위해 잠시 움츠리는 것이라고 하며 나의 앞에서도 숨어 버렸다. 나도 사회생활을 하면서 이것저것에 부대끼다보니 그림과는 먼 생활인이 되었다.

‘내 생애 아름다운 82페이지’

천경자 씨의 팔십이 년이란 생애가 많은 이야기를 쏟아낸다. 아름답고 행복하지만은 않았던 생애, 고독한 영혼은 아름다운 그림으로 승화되어 탄생했다. 무엇도 그녀의 예술혼을 가로막을 수 없었던 집념, 불타는 정열, 슬퍼지면 더 꿋꿋이 버티고 일어서는 오기, 나에게도 그런 기질이 숨어있을까.

천경자 씨의 작품은 한마디로 '화려한 슬픔'이라고 평을 한다. 그러나 나는 슬픔보다도 역동적인 삶과 희망을 보았다. 〈황금의 비〉는 머리에 인 노란 꽃들이 빗줄기처럼 내리고 있다. 화관을 쓴 여인은 슬퍼 보이기도 하지만 한 곳을 응시한 강렬한 눈빛, 야무지게 다문 입, 이런 것들의 조화로 점점 슬픔에서 기쁨으로 이완되는 밝은 모습으로 변해간다. 어려웠던 꿈의 여정이 이제는 황금빛으로 활짝 피어 빛나는 승리를 맛보는 것 같다.

〈생태〉는 수십 마리의 뱀이 서로 엉키어 꿈틀거리고 있는 것이 얼마나 생동감이 있는지, 징그럽다는 느낌보다는 살고자 몸부림 치는 생존의 숨 막히는 경쟁을 보는 듯했다. 그러나 〈길례 언니〉 나 〈고(孤)〉에서는 순박하고 아름다움 삶의 이미지를 표현하는 듯 했다. 이러한 것들은 작가의 고독한 영혼과 작품에 대한 정열과 의지로 불우한 시절을 이겨낸 아름다운 승자의 몫일 것이다. 삶의 행로에서 굽이굽이 역경과 장애물을 만나지만 이것들을 뛰어넘는 사람은 아름다운 생을 가질 수 있다는 것인가. 나는 살면서 얼마나 많은 어려움을 이겨냈을까.

천경자 씨는 젊은 시절에 너무 아름다운 것을 그린다는 것이 두려워 감히 장미를 그리지 못했다고 한다. 목이 잘려 화병에 꽂혀진 장미를 보면 괴로워하는 모습이 보여 차마 그릴 수 없어서 화려하지도 아름답지도 않은 들풀과 꽃들을 찾아 한껏 아름답게 치장해 주었다고 한다. 아프리카의 초원을 배경으로 한 〈누가 울어2〉나 〈초원〉은 보이는 것보다는 숨겨져 있는 아름다움을 찾아 화려하게 탄생시켜주는 것이 그녀의 소명처럼 보였다.

이제 봄비가 내리면 수척했던 나무들은 윤기가 나며 금세 활력을 되찾을 것이다. 그래서 봄은 생성의 계절이다.

청년기에는 머릿속 가득 이것저것 해보고 싶었던 많은 꿈들이 있었다. 1970년대와 80년대는 경제발전과 민주화운동으로 격동하는 파도 속 같은 시대였다. 나는 꿈을 하나씩 잃어가면서 불확실한 미래에 초조했고, 어디를 응시해야 할지 두려웠다. 모습을 감춘 그 사람 역시 청춘을 아파하며 내 곁에서 침잠했으리라.

이제는 많은 시간이 흐르고, 우리의 꿈도 흐르고 그와 나 사이도 흐른 지금, 그는 무엇이 되어 있을까? 젊음의 고뇌와 별리의 아픈 댓가로 그에게 황금의 비가 내리는 중년이었으면 좋겠다.

〈황금의 비〉 앞에서 나는 입술을 지그시 깨물었다.

골목 안 향기

상강 날 아침에

수북이 쌓인 설거지를 끝내고 옷가지가 제멋대로 뒹굴고 있는 방을 청소하려고 창문을 활짝 열었다. 싸한 냉기와 함께 가을 햇살이 얼굴에 닿는다. 고개를 들어 하늘을 봤다. 하늘은 성큼 더 높아 있었고, 햇살은 엊그제보다 더 얇아졌다.

'며칠 전까지도 햇살이 따사롭고 바람도 살랑거려 좋았는데 벌써 이렇게 차졌나.'

혼자 중얼거리며 숨을 깊이 마신다. 알싸한 찬 공기가 시원하게 가슴으로 들어온다. 라디오의 볼륨을 높인다. 감미로운 DJ의 목소리 밑으로 팝송이 나직이 깔린다.

"오늘이 24절기 중 하나인 서리가 내린다는 상강입니다. 자연의 순리는 어김없어 겨울 채비를 하라는 신호군요. 그대의 가슴에 혹시 서리라도 내리지 않았나요. 따스한 차 한 잔 하시며 가슴을 녹여 보세요.” 나긋나긋이 휘감겨 오는 목소리에 가슴의 서리는 다 녹는다.

먼지를 털어내고 걸레질을 말끔히 하다 홀연 거울 속에 비친 내 모습에 눈이 간다. 손질하지 않은 머리, 까칠한 피부, 늙었다고 하기에는 아직 이르고, 젊었다고도 할 수 없는 중늙은이가 마주 하고 있다 얼굴을 가까이해 자세히 본다. 눈 밑 피부는 늘어져 몇 가닥의 주름이 져 있고 눈꼬리와 입가엔 잔주름이 생겼다. 몇 해 전까지도 피부가 곱다는 부러움을 샀는데 탄력도 없다. 얼굴을 찡그리며 눈을 치켜 떠보고 예쁘게 생긋 웃어도 본다. 고혹적인 표정도 지어본다. 그러나 맘과는 달리 영 어색한 표정이다. 딴은 아직도 매력이 남아 있는 줄 알았는데, 세월의 나이테가 얼굴에 확연히 드러나 있다.

부스스한 머리칼을 손가락으로 가르마해 본다. 하얗게 나타나 는 속머리. 염색을 하지 않으면 보기가 싫을 정도로 많은 흰머리 때문에 오래 전부터 물을 들인다. 겉은 그런 대로 덮어주지만 자 라 나오는 흰머리를 감당할 수가 없다. 내 모습에도 이미 서리 가 내리고 있었다. ‘… 늙는 길 가싀로 막고 오는 백발 막대로 치려 더니 백발이 제 몬져 알고 즈름길로 오더라’라는 시조를 빌지 않 아도 백발이 지름길로 와 있다. 그렇지, 여자 나이 오십이 넘었는데. 흔히 말하는 갱년기 증후군이라는 것도 앓았고 오십견도 겪어 봤는데, 마음은 아직도 붉은 장미 한 아름 안고 푸른 초원 뛰놀고 싶은데, 딸아이가 지금 사랑을 하느라 정신이 없다. 데이트를 하고 오는 날이면 한 아름 장미꽃을 안고 와서 나에게 안겨준다. 많이 안아주고 사랑해 줬으니 이젠 엄마 준단다. 시들어 가는 꽃다발을. 뒷걸음치며 물러나는 나의 젊음에 씁쓸함을 느끼며 딸에게 생뚱맞은 질투마저 느낀다. 한 세대는 가고 또 한 세대가 달려오고 있는 것이다.

얼마 전 한담하는 자리에서 10년만 젊었으면 다시 한 번 무언가 해보겠다고 당당하게 말하던 친구에게 10년이면 아이들을 중학생으로 되돌려야 하는데 입시 지옥을 다시 치러야 하니 나는 싫다고 도리질을 한 적이 있다. 남들이 겪는 입시 지옥도 순조롭게 통과하고 선망하는 대학도 들어갔으니 10년이 젊어진들 그것과 바꿀 순 없었다. 잔주름이 생기고 머리에 서리가 내린 것이 거저 된 것은 아니었다.

골목 속으로 파고드는 야채장수의 스피커 소리에 반짝 현실로 돌아온다. 오늘은 시장을 한 바퀴 돌아보아 올 겨울 따스하게 보낼 물건들을 봐둬야겠다. 화학솜이 싫다는 남편을 위해 포근한 솜이불도 장만해야겠고, 돌아오는 길에 짭짤한 젓갈 맛이 제격인 갓김치거리도 사야겠다.

새벽 찬 공기를 가르며 출근길에 나서는 남편의 뒷모습에 중년의 외로움이 묻어 있었다. 혼자 가는 노년 길도 아니건만 왜 그리 초라하고 왜소해 보일까.

저녁엔 구수한 배추 된장국도 끓이고 좋아하는 반주 한 잔 곁들여 가슴에 서리가 내리지 않게 해 줘야지.

이때쯤이면 농촌에서는 냉해도 피하고 속도 꽉꽉 차라고 배추를 한 포기씩 잎을 가지런히 모아 묶어준다. 내 인생의 줄기도 배추 포기 묶듯이 꽁꽁 묶어 알찬 속고갱이를 만들어 가야겠다.

'…춘풍 비러다가 귀밑머리 해 묵은 서리를 녹여 볼까'

오늘따라 우탁의 시조가 절로 읊조려진다.

청국장을 먹으며

입동이 지나고부터 아침저녁 한결 겨울 맛이 난다.

저녁준비를 하려고 냉장고 속을 뒤지는데 청국장이 눈에 띄었다. 찬거리도 마땅찮고 날씨마저 스산한데 마침 잘됐다.

뚝배기에서 보글보글 끓고 있는 청국장을 올려서 식구와 둘러앉았다. 청국장 특유의 진한 냄새에 식욕이 돋는지 남편이 한 숟갈 푹 떠간다. 냄새 난다며 환풍기를 틀어대며 짜증내던 딸아이도 냄새와 맛은 다르다며 비벼 먹기까지 한다. 입 속에서 콩이 으깨지며 나오는 담백하고 구수한 맛이 겨울밤과 어울려 훈훈한 만찬이 되었다.

별다른 반찬 없이도 맛있게 먹는 식구들의 모습을 보며 문득 어렸을 때 형제들과 빙 둘러 앉아 먹던 밥상머리가 떠올라 씩 웃었다.

어머니는 겨울이 되면 따끈한 아랫목에 어김없이 청국장을 띄우셨다. 안방을 들어갈 때면 퀴퀴한 역한 냄새에 코를 손으로 싸잡았다. 언제 다 되는 거냐고 솜이불 둘러쓰고 상전처럼 버티고 앉혀 있는 보퉁이에 발길질하면서도 어머니가 끓여준 청국장은 냄비 바닥이 구멍이 날 정도로 싹싹 긁어 먹었다. 청국장 한 냄비로 칠형제가 올망졸망 둘러앉아 두부 한 점 더 먹으려고 눈치 싸움하며 숟가락 놀리곤 했었다.

어느 추운 겨울, 학교에서 돌아와 꽁꽁 언 몸을 녹이려고 청국장항아리를 묻어둔 이불 속으로 파고들었다. 따스한 보퉁이를 끌어안고 시나브로 잠이 들었는데 저녁 먹으라고 흔들어 깨우는 소리에 눈을 떴다. 달게 한숨을 푹 잔 나는 불그스레한 얼굴에 땀까지 배어 있었다. 그런데 식구들이 내 몸에서 고약한 냄새가 난다며 코를 킁킁거렸다.

아, 내 몸에서 진동하는 청국장 냄새! 한동안 형제들에게 놀림을 받았지만 나의 언 몸을 엄마처럼 따스하게 품어주던 청국장항아리였다. 세상의 어떤 둥지가 그만큼 따스하고 포근할까.

그 후 참 많은 세월이 흘렀다. 지금은 큰오라버니가 세상을 떠난 지도 여러 해가 지났고 언니와 동생도 머나먼 외국에서 자리를 잡고 있으니 많아 보이던 형제도 이제는 단출해졌다.

콩이 깍지 속에 있을 때는 한 울타리에 한 운명이지만 이미 낱 알이 된 뒤에는 제 갈 길이 다르다는 이야기처럼 우리 형제는 각자 제 갈 길로 흩어졌다.

대전에서 사는 작은언니는 일 년에 서너 번 우리 집에 들리곤 하는데 그때마다 올망졸망 한 보퉁이를 꾸려서 들고 온다. 봄나물 뜯어말린 것, 유성장날 샀다는 잡곡들, 그 속에는 어김없이 메주콩도 한 되가량도 들어 있다. 청국장은 우리 콩으로 만들어야 제 맛이 난다면서. 이제는 무겁게 이런 짐 들고 다니지 말라고 하면 시골 사람이 무슨 재미로 서울 올라 오냐며 이것저것 꺼내 놓는다. 이럴 때는 정말 친정어머니 같다. 또 먼 타국에서 이따금 걸려 오는 언니와 동생의 전화 목소리에는 외로움과 그리움이 뭉클뭉클 묻어 있다.

이 저녁 청국장 한 그릇에 가슴이 에이는 것은 계절 탓만은 아 닐 것이다. 할 수만 있다면 시공을 넘어 먼 기억 속의 어린 시절로 다시 한 번 돌아가고 싶다. 그리운 어머니도 보고 큰오라버니도 보고 맛있게 먹던 청국장의 구수한 맛과 같이 철없이 웃고 뒹굴던 어린 시절의 꾸밈없었던 형제들을 다시 한 번 만나보고 싶다.

결혼 전 나는 지금의 금천구 시흥동에 살았었다. 오늘날과 비교 하면 호랑이 담배피우 던 옛 시절 같아 직장이 있는 광화문까지

출퇴근하기가 여간 힘들지 않았다. 겨울이면 눈도 자주 오고 몹시 추워 신설동에서 신접살이하는 언니네 집에서 며칠씩 묵곤 했다. 그때 자주 끓여주던 청국장맛은 지금도 잊을 수가 없다.

청국장에 김장배추김치 몇 조각과 두툼하게 썬 두부와 어슷썰기한 파가 재료의 전부인데 잘 띄운 청국장 덕인지 그 맛이 꿀맛이었다. 이 맛의 유혹으로 나는 아직은 신혼이고 첫아이를 가져 배까지 부른 언니의 형편도 헤아리지 않고 자주 식객노릇을 했다. 나이 들어 생각하니 참 눈치코치도 모르는 철부지였지만 따스하게 대해주는 형부와 언니의 사랑만 믿고 행동한 처사가 아닌가 싶다.

오늘은 내가 먼저 외국에 사는 언니께 전화를 해야겠다. 추워지는 날씨에 허리 병은 다시 안 도지는지, 백발이 서글퍼 보인다더니 염색은 하는지, 관절에 무리가 온다더니 살은 좀 뺐는지, 이것저것 궁금하다. 처음 이민 가서는 지치고 외로워 다시 돌아오고 싶을 때가 한 두 번이 아니었단다. 그럴 때마다 청국장을 끓여 먹으며 잠시라도 여기가 머나먼 타국이라는 걸 잊었다는 말이 새삼 떠오른다. 우리말보다 영어를 더 편하게 쓰는 조카들도 김치와 청국장을 잘 먹는다고 한다. 올해도 청국장을 띄웠는지 물어 봐야겠다.

작은오라버니도 청국장을 좋아하는데 혹시 이 저녁 끓여 먹으

면서 형제들을 생각하고 있지 않을까? 장맛은 옛날과 변함이 없
는데 우리는 결혼하여 제각각 가정을 꾸리고 사니 서로가 소원해
졌다.

한 숟갈의 청국장 맛에 머언 기억이 되살아나는 것은 그리운
사람들이 곁에 없기 때문일 것이다. 지나고 나면 모두가 소중한
인연들인 것을….

우리 형제간의 멀어진 정도 잘 띄워진 진액으로 서로 엉켜 붙은
메주 콩알같이 끈끈하게 다시 이어질 수는 없는가. 창문을 활짝
열어 퍼져있는 청국장 냄새를 보고 싶은 사람 곁으로 날려 보내고
싶다.

비상

유월도 서서히 기울고 있다.

1999년이 반은 지나갔다. 새로운 천년을 맞는 길목이라고 떠들썩했는데 이제 180여 일밖에 남지 않았다. 밀레니엄. 새 천년. 참으로 많은 날들이 모여서 만들어진 숫자. 십년이면 강산이 변한다는데 이천 년이라니 얼마나 장구한 세월인가.

9라는 숫자는 포만감이 있으면서도 아쉬움이 있고 뭔가가 태동을 하려고 하는 기대감이 드는 숫자다. 예로부터 9라는 수는 우리의 생활 속에서 많은 의미를 가지고 있었다. 조화와 완벽을 상징으로 여기는 3의 3배수이기 때문이다. 또한 수학적으로도 한 단위의 마지막에 위치한다.

'구만 리 머나먼 길' '구중궁궐'이니 하여 9라는 숫자가 아득히 먼 곳을 의미하기도 하고, 어마어마함을 나타내기도 한다. 사지에서 헤매다 살아나면 '구사일생'이다. 또한 우리의 인체에는 눈, 코, 입, 귀에다 배변을 할 수 있는 2개의 구멍을 합하면 9개의 구멍이 있다. 이것은 우연히 그렇게 된 것이 아닐 것이다. 인체를 소우주라고 했듯이, 가장 조화와 완벽의 결정판을 만들기 위해 신은 9라는 숫자를 택한 것이 아닐까.

옛날 민가에서는 아흔 아홉 칸짜리 집이 가장 크고 웅장했다. 열두 대문에 아흔 아홉 칸짜리 집이라면 주인의 권력과 위엄을 상징적으로 나타냈다. 99를 넘는 것은 인간의 능력을 넘어서는 것으로 여겼다고 한다. 중국의 자금성도 9,999칸이라고 한다. 꽉 채우지 않고 하나를 비워 놓은 것이다. 하나의 여백은 인간이 채울 자리가 아닌 신의 자리, 영원무궁의 자리로 생각하고 있었다. 인간은 절대자의 권위를 넘보는 것이 금기시되었다.

음력으로 9가 들어간 날에는 손(재앙)이 없는 날이라고 해서 이사, 집 고치기, 장 담그기 같은 액을 피해야 할 일들을 했다. 이렇듯 9는 자연의 이치와 밀접한 관계가 있다고 해서 신성시했으며 또한 두려워하기도 했다.

좋은 것도 지나치면 화를 불러들인다. 그래서 우리 조상은 화를 미연에 막기 위해 액 막이를 만들었다. 나이 9수에는 삼재가 끼고 또한 여러 가지 액운이 있다고 몸조심을 각별히 시켰다. 집 매매,

결혼, 창업 같은 인생사의 큰일들은 가급적 9수에는 하지 않았다. 9수를 무사히 넘기고 나면 재앙을 피한 것 같아 가슴을 쓸어내리곤 했다. 그러나 중국에서는 9를 행운의 수라고 하고, 올해의 9월 9일은 최고의 길일로 생각한다고 한다.

나는 올해 두 딸의 결혼식을 치르게 되었다.

2월 초에는 작은 딸을 시집보냈다. 별스럽게 길일을 택하지도 않았고 양가와 아이들이 편리한 날을 잡았다. 다만 전주에서 하는 결혼식이라 날씨 걱정을 했지만 겨울답지 않게 포근한 날씨여서 다행이었다.

이제 그 딸이 새 생명을 잉태하는 기쁨에 차 있다. 올해 안으로 나도 손자를 보게 된다. 할머니 대열에 끼고 싶지 않지만 젊은 세대에 불임이 많다는 말을 들으니 약골인 딸이 대견스럽기까지 하다. 이것이 9의 행운수 덕이 아니겠는가.

더위가 가시고 소슬바람이 불 때쯤이면 큰딸도 시집을 간다. 제2의 생을 찾기 위해 어미 곁을 떠나간다. 잡았다 놓친 고기마냥 허전한 마음이지만 9의 행운으로 앞날이 순탄하기를 기원하며 새로운 둥지 속으로 넣어 주려고 한다.

그간의 크고 작은 일들이 활동사진처럼 돌아간다. 꽉 채워지지 않는 욕심 때문에 허기졌던 마음에 정지 신호를 주고 한숨 돌리며 여유를 갖고 살고 싶다.

두 딸을 시집보내고 나면 내 생활도 단출해진다. 자식들로부터 짐을 벗고 우리 부부의 노년을 위해 설계해 볼 일이다.

1999년은 나의 가정사에 하나의 굵은 획을 그었다. 새롭게 열리는 천년을 향해 이제 날기 시작하는 새끼 새들과 함께 2000년을 향해 힘찬 비상을 하려 한다.

자아도취

손자가 힘차게 자전거 페달을 밟으며 달린다.

"할머니, 나 잘 타지." 한 바퀴 돌 때마다 자랑이다. 요리조리 핸들을 틀며 달리는 것이 제 딴에도 자랑스러운가 보다. 손자보다도 내가 더 흐뭇하게 웃고 있다.

딸아이 시집보낸 것이 엊그제 같은데, 손자가 벌써 네 살이다. 맞벌이를 하는 형편이어서 아이는 내가 떠맡게 되었다. 첫 손자이고 4년을 곁에 놓고 기르다보니 그 정이 깊어졌다.

모서리를 짚고 한두 발 떼던 것이 어느 순간 손을 놓고 뒤뚱거리며 달려와 품에 안기고, 고사리손으로 과자를 집어 할미 입에 넣어주던 순간, 콧등이 찡해온다. 이런 기쁨을 나에게 선물하다니, 고마운 일이다. 왜 짜증나고 힘든 일이 없었겠는가. 내 시간이 자유롭지 못하고 힘이 부칠 땐 당장이라도 딸아이를 불러들이고 싶었지만, 색종이로 접어 만든 카네이션을 가슴에 달아주고 다리를 주물러주는 앙증스런 애교에 고단함은 녹아버리고 만다.

아이를 보면서 생기는 손익은 반반이라는 생각이 든다.

혈육으로 흐르는 애틋한 사랑, 티 없는 맑음과 순진함의 세계, 이런 것으로 메말라가는 나의 정서가 살아나고, 사랑하고 용서하는 넉넉함이 생기고, 살아가는 맛을 느끼기도 한다. 맹자는 '인(人)의 성선설(性善說)'을 말씀하셨고 순자는 '성악설(性惡說)'을 말씀하셨지만 아기를 보면 사람은 태어날 때는 선하게 태어나는 것 같다. 아기와 같이 있을 때는 나의 눈도 모든 것이 선하게 보인다. 아기를 쳐다보면 저절로 입가에 미소를 띠게 되고 아기의 순진무구한 영혼이 나의 잠들고 있는 영혼을 일깨워 순수의 바다 속으로 인도한다. 맑고 고운 이슬이 떼구르르 심장 속에 내려앉으면 천사는 나와 함께 있게 된다. 찰나일지라도 나는 그윽히 그 순간을 음미한다. 아이와 같이 놀면서, 개미 한 마리를 보고 허겁을 떨며 무서워하는 시늉을 한다. 이런 천진난만한 세계로 빠져본다는 것을 어찌 어른들의 세계에서 상상이나 할 수 있겠는가. 자식 키우며 애간장 타 들어갔던 것을 손자가 보상을 해주나보다.

요즘 우리 또래에서 돌고 있는 말이 있다. 소위 시쳇말로 '미친 년'이다. '아직까지 남편이 월급 받는 년. 손자 봐주는 년.' 그러나

이 말은 부러워함을 역설한 것으로 생각된다. 진정 손자를 봐주고 싶어도 이런저런 이유로 봐주지 못하니까 빗대서 생긴 말 같다. 그렇다면 나는 미친년이 되어 있다. 정신적 이상이 있는 사람이라고 생각하기보다는 아름다움과 가까이 있는 사람으로 해석한다면 지나친 자아도취에 빠져 있는 것일까.

이제 저 아이가 네 살. 결혼할 때까지 내가 살아 있을지 모르겠다. 손자가 아이를 낳고, 그 아이가 또 아이를 낳고…. 면면히 이어지는 혈통 속에 나의 유전자 하나쯤은 남아 있어 먼 훗날 우리 할머니가 누구였다고 내 이름 석 자를 기억해 줄 수 있을까. 하루가 달리 변해가는 가족의 개념인데 이런 바람은 욕심일 것이다. 그저 흔적만이 남아 있을 뿐, 흘러가는 시간들은 우리의 모습을 변화시키니 이 순간을 아끼며 충실히 보낼 뿐이다.

찌직— 쇠소리를 끌며 자전거가 내 앞으로 돌진해 온다. 손자가 위험하다. 총알같이 돌진해 쓰러져가는 자전거를 붙잡았다.

"다친 데 없니?"

늙은 미친년은 안도의 숨을 쉰다.

초보 농사꾼 이야기

배추밭에 물을 주면서 세상에 쉬운 일이란 아무것도 없다는 걸 다시 실감한다. 긴 가을 가뭄으로 이틀 간격으로 농장에 가서 채소밭에 물을 주고 온다. 싱싱하게 자라고 있는 옆 밭 배추를 보면서 초보 농사꾼의 어려움을 겪는다.

10평의 자그마한 밭에 한 고랑은 감자를 심고, 다른 한 고랑은 쌈 종류를 심었다. 감자밭 울타리는 옥수수로 둘러놓고 사이사이에는 가지도 심었다. 경사진 둔덕에 호박도 몇 포기 심었다. 손바닥만한 밭뙈기에 이것저것 욕심을 부렸다.

주말마다 잡초도 뽑아주고 물도 주었다. 어쩌다 일이 있어 다음 주에 오면 잡초가 채소보다도 웃자라고 있었다. 질긴 잡초라니 땅속 깊이 자리 잡은 뿌리를 호미로 캐내도 계속 자랐다. 굳어진

땅에 김을 매고 벌레도 잡아주었다. 정성이 지극했는지 올 때마다 몰라보게 자란 채소들은 풍성한 먹을거리가 되어갔다.

주말 농사꾼들이 밥과 고기를 싸들고 농장으로 소풍을 나왔다. 이곳저곳 그늘 밑에 옹기종기 앉아 농사지은 상추를 뜯어다가 고기를 구워 맛있게 먹는다. 그 맛이 시장에서 파는 것과는 판이하게 다르다. 노지(露地)에서 작열하는 햇빛과 신선한 공기로 건강하게 자란 덕으로 이파리는 탄력이 있고 씹히는 맛도 고소하다. 실컷 먹고도 돌아올 때는 커다란 비닐봉투로 하나 가득 솎아온다. 형제들과도 나눠먹고, 이웃에게도 인심을 쓴다. 모두 좋아하고 먹어보고는 은근히 또 주기를 바란다. 농장 덕분에 인심 한번 풍성하게 베풀어(?) 봤다. 가지도 따고 호박도 따다가 반찬해 먹는 재미가 쏠쏠하다.

전혀 약을 치지 않아서인지 모양새가 뒤틀어지고 호박도 정말 못난이다. 이런 것들이 시장의 상품으로 나왔다면 아무도 안 살 것이다. 그러나 조금이라도 버리는 것이 아까워 꼬투리까지 모두 먹었다. 나의 노고가 들어간 것이라고 이렇듯 알뜰해진다. 농부들이 쭈그러진 열매든 벌레 먹은 채소든 버리지 않고 갈무리 해두는 마음을 알 것 같다. 한 방울의 땀과 한 번의 호미질로 가꾼 농작물인데 어찌 소홀해지겠는가.

여름 채소를 걷어내고 두 고랑 모두 김장배추를 심었다. 봄과는 다르게 잡초가 그리 성하지는 않았다. 처음 모종을 심어 놓고 자주 와서 물을 주다가 제자리를 잡은 후에는 가끔씩 왔다. 올 때마다 부쩍부쩍 자란 배추가 기특했다. 심기 전 퇴비와 비료만 줬을 뿐인데 파랗게 윤기가 돌면서 싱싱하게 잘도 자랐다.

한동안 짬이 나지 않아 오랜만에 밭에 갔다. 그 사이 벌레라도 생기지 않았을까 가뭄에 누렇게 뜨지는 않았을까 걱정을 했는데, 배추들은 여봐란 듯 더욱 푸른빛을 띠며 제법 속이 여물고 있었다. 저 홀로 저리 잘도 자라다니, 돌보지 않은 자식이 바르게 자라서 부모 마음을 감동시키는 것 같았다. 포기가 통통해져 묶어줬다. 80여 통을 수확해 푸짐하게 김장을 해서 친척들과 나눠 먹었다. 먹는 동안 아마도 내 이야기를 했겠지, 마음이 흐뭇했다.

작년의 이런 경험들로 올해도 김장배추를 심었다.

올해는 어찌하다 때를 놓쳐서 마지막 남은 모종판을 사다가 부지런히 심었다. 물도 흠뻑 주면서 풍작을 기원했다. 다른 밭에는 벌써 모종이 자리를 잡고 있었다.

일주일 후 물을 주러 갔는데 뿌리를 내리지 못하고 시들시들 말라가고 있었다. 죽어 가는 것들을 뽑아버리고 주인에게 부탁해 먼 곳에서 모종을 구해 다시 심었다. 옆 밭에는 속잎까지 올라와 싱싱하게 자라고 있다. 왜 이런 변고가 생긴 걸까. 모종을 심을 때 뿌리를 다쳤거나 모종 시기를 놓치면 그렇다고 한다. 생각해

보니 모판이 신통치 않았었다. 모종을 뜨는데 흙이 모두 부서져 알몸으로 뽑혔다. 흙과 더불어 심어야 했는데 그걸 놓친 것이다. 처음부터 튼실한 모종이 아니었던 것이다.

지난해 너무 쉽게 풍작을 얻어낸 나는 농작물은 땅에 심기만 하면 저절로 자라나는 줄 알았다. 농사는 때를 맞춰 심고 가꿔야 함을 새삼 깨닫는다. 그리고 거기에 나의 정성도 부족했다. 심을 때도 작년만큼 정성이 덜 들어갔고 물주기에도 게을렀다.

한마디로 농사를 너무 쉽게 여겼다. 오죽하면 자식 기르기를 농사에 비유할까. 가뭄으로 쩍쩍 갈라지는 논바닥을 보면서 가슴도 같이 갈라지고 애써 키워놓은 벼 포기가 장맛비에 쓰러져 흥건하게 잠긴 논두렁을 보며 주저앉아 한숨짓는 것이 농부이다. 어느덧 가을 들녘에 서서 누렇게 익어가는 벼이삭을 보면서 그간의 노고가 시나브로 삭여지는 농심(農心), 그 보람으로 사는 농군의 삶이 헤아려진다.

우리의 삶도 농사일과 조금도 틀리지 않다. 얼마만큼 성실하게 자신을 돌보았는가. 적절한 기회가 왔을 때 잘 운용을 했는가. 가뭄에 물 주듯 자신의 영혼을 메마르지 않게 했는가. 풍요롭게 가을걷이를 하려면 나 자신도 잘 돌봐야 한다는 평범한 진리를 농사를 지으면서 터득한다. '모든 결과는 뿌린 만큼 거둔다'라는 잠언을 다시 한 번 깨닫는다.

성하(盛夏)의 단상

1

연일 30도를 웃도는 무더위가 기승을 부린다.

겨울은 매섭고 여름은 무더워야 계절 맛이 난다고 하지만 그건 당하지 않았을 때의 감상적 이야기지 막상 이렇게 무더운 나날과 열대야까지 곁들이는 중복 날씨고 보면 짜증이 난다. 오늘도 서울이 35도, 전국이 거의 찜통더위이다. 순하게 잘 놀던 손자 녀석도 이 더위에는 짜증을 더 내고 보챈다. 낮 시간에 한 번씩 돌리는 에어컨도 누진요금을 부가한다는 말에 한번 돌리려면 남편의 눈치와 변명이 뒤따라야 한다. 더위에 어느 정도 적응력을 갖게 해야 한다며 에어컨 돌리는 것을 절제시킨다. 그러다 보니 손자의 목 뒤에 땀띠가 돋았다. 무더위에 애써 봐주고 딸아이한테 책망들을 것 같아 남편에게 버럭 화를 냈다.

 사실 남편도 볶아치는 더위에 체력이 많이 약해져 있었다(남편은 작년에 위암 수술을 했다). 며칠 전 어지럽다고 자주 말하곤 해서 병원엘 가보았지만 내과적 이상은 없고 꾸준한 운동과 보양으로 체력 유지를 하라고 했다. 보양이라고 하니 또한 신경이 쓰인다. 대다수의 남자들이 좋아하는 보신탕은 냄새조차 못 맡고 곰국도 이삼일 먹으면 싫은 내색을 보여 그것도 수월치 않다.

 애써 붕어찜을 공들여 했더니 먹을 때마다 비린내가 심하다고 끝내는 다 먹지 못하고 버리고 말았다. 그후로는 크게 신경도 안 쓰고 대충 식사를 준비하곤 했다. 늘 마음 한 구석에는 무언가 영양식을 해줘야 할 텐데 하는 걱정만 했을 뿐 그럭저럭 보내고 말았다. 그런데 운동과 보양으로 체력을 유지하라니. 그 동안 내가 너무 소홀했다는 자책도 들고 까탈스런 식성이 밉기도 해 은근히 부아가 났다.

 "난 이런 소리만 들으면 정말이지 스트레스 쌓여."

 퉁명스럽게 내뱉었다.

 "그래? 그러면 내가 일찍 죽어버릴 게."

 새파랗게 칼날이 선 대꾸이다. 더 이상의 대화를 했다가는 언성이 높아지고 어떤 뒷말이 이어질지 몰라 입을 꾹 봉하고 말았다. 황당한 답변에 화를 참느라 연신 부채질만 해 댔다. 얼굴마저도 보기가 싫었다.

얼마 후 왜 그런 심한 말을 했느냐고 물었더니, "뭐 그러면 이 더위에 고생 안 하잖아. 당신 더위 많이 타잖아."했다.

실없이 웃고 있다. 더위, 이 더위 때문에 짜증이 난 것이다.

2

이런 무더위 속에 지난겨울을 기억해 본다.

유난히 많은 눈이 자주 내렸다. 20년 만이라니, 30년 만의 폭설 이라느니, 갖가지 수식어를 붙여가며 정말 많이 내렸다.

수문회 문우들과 연초에 강원도로 여행을 갔다. 때마침 내린 폭설로 멋진 경치를 보았다.

세상이 한 가지 색으로 통일되어 모양만 천태만상일 뿐 온 산야 는 순백 그 하나였다. 기차는 눈 쌓인 레일 위를 용케도 정확하게 바퀴를 맞물리며 조용히 달리고 있다. 깊은 산 속으로 들어갈수록 거대한 나무들은 무거운 눈을 형벌인 양 몸 전체에 두르고 축 처 져 자세를 낮추고 있다. 커다란 키와 우람한 가지로 한 여름 작열 하는 태양을 독점한 죄 값을 치르는지 키 작은 나무 앞에서 고개 를 숙이고 있다. 눈은 조용히 그러면서도 화려하게 온 천지를 순 수로 구석구석 덮고 있다.

언어는 있으되 할 말이 없다. 조용히 흘러가는 창밖을 보니 영화 ≪닥터 지바고≫의 한 장면이 떠오른다.

눈 덮인 광활한 시베리아 벌판, 오두막 속에서 극한의 추위로 콧수염까지 허옇게 얼어붙은 지바고가 성에 낀 유리창을 닦아내니 드넓게 펼쳐지는 침엽수림. 그 위로 소리 없이 내리는 눈. 침묵의 설야(雪野). 묵묵히 바라보던 눈빛. 간절히 원하던 사랑과도 이별하면서 끝없는 설원을 헤매는 지바고의 절대 고독과 그리움.

이곳이 마치 시베리아의 설원 같았다. 이렇게 많은 눈이 내린 숲은 처음 보았다. 영화의 한 장면이 연출되고 있는 것 같다.

나도 뿌옇게 김이 서린 유리창을 닦아내면서 내가 그리워하는 것을 생각해 보았다. 그러나 아무 것도 떠오르지 않는다. 더욱 선명하게 보이는 설경뿐.

차 안은 숨소리조차 민망할 정도로 조용했다. 많은 사람들이 동승했지만 누구 하나 입을 떼지 않았다. 조용히 그리고 깊게 대자연의 향연을 바라보고 있다. 아마도 이 순간 만큼은 모두의 마음은 눈과 같이 무색, 무념, 무욕일 것이다.

기차가 서서히 하산을 하여 마을로 내려오자 누구의 지시도 없는데 박수를 쳤다. 지금까지 펼쳐진 대자연의 향연에 찬사를 보낸 것이다.

늦은 밤 시각에 서울에 도착했다. 서울에도 하루 종일 대단한 눈이 내렸다고 한다. 눈발이 멎어 제설작업을 하느라 분주하다.

우리가 향연에 취해 있을 때 이곳에서는 교통체증이 생기고, 사고가 나고, 통행로가 차단되고, 서울은 맥을 못추고 있었던 것이다. 지금 길거리는 온통 흙탕물을 뒤집어쓰고 있다. 아름다움에 경의를 표했던 눈의 모습. 미와 추의 양면성.

흔히 눈을 변절한 연인에 비유한다. 사랑하는 사람들끼리 처음에는 설렘과 신비스러움, 그리움을 안고 서로에게로 다가간다. 그러다 변절하여 떠날 때에는 상처를 남기며 아름답던 자리를 추하게 만들고 떠난다고 하여 비유한 말이다.

나는 수문회의 모임을 사랑하고 자랑스럽게 생각한다. 연령의 격차를 넘어 오직 글을 사랑하는 마음으로 같이 모여 인생을 이야기하고 글쓰기를 이야기하며 서로의 정을 쌓아 왔다. 세월이 유수같이 흘러도 우리의 정이 서로에게 설렘과 그리움의 대상으로 남기를 바란다. 또한 겸허의 자세로 세상을 바라볼 수 있는 안목이 트이길 바란다.

이 여름에 눈 덮인 설원을 생각하니 조금은 진정된 듯하다. 이렇게 기승을 부리는 더위도 보름 정도만 지나면 수그러들 것이다. 겨울이 되면 이 더위가 또한 생각날 것이다.

피톤치드

어제 밤비가 눅신하게 내리더니 아침에 멎었다.

비 때문에 오늘 아이들과의 행사를 못할까봐 걱정했는데 이만하면 일은 할 수 있겠다. 자원봉사센터에서 중학생 자원봉사자를 지원 받아 호암산 숲길 가꾸기를 할 예정이다.

금천 체육공원 뒤쪽으로 해서 호암산에 오르는 등산로를 얼마 전에 정비했지만 공사는 등산로만 정비했을 뿐 정작 고려해야 할 생태적 복원은 부족했다. 여기저기 뚫린 샛길은 다 막아 놓지 못했고 코아넷트(풀이 자라날 수 있도록 쳐 논 그물망)에는 경계목 하나 쳐져 있지 않아 등산객들이 밟고 다녔다.

그래서 오늘 자원봉사자들과 함께 샛길을 막고 경계목을 세우려 한다. 또 위해식물인 서양등골나물이 무성히 자라 이것도 제거

해야 한다.

한편으로 무더운 여름 날씨에 어린 학생들이 잘할 수 있을지 걱정도 되지만 아이들에게 봉사활동에 대한 인식을 새로이 심어주고 싶은 생각도 있었다. 몇 년 전부터 중학교 이상 학생에게는 봉사활동이라는 시간이 배정되어 공공의 장소나 또는 복지기관에서 봉사활동을 하게 되어 있다.

나의 학창시절과는 사뭇 다르지만 외국의 교육과 비교해 보면 우리가 너무 늦은 편이다. 자라는 아이들이 이웃에게 관심을 갖고 서로 돕고 어울리며 살아갈 수 있는 인성을 기르기 위한 프로그램이지만 정작 아이들이 봉사활동을 한다는 것이 고작 거리의 휴지를 줍는다거나 주민센터나 소방서, 파출소에 가서 휴지통 비우기 정도에 그쳤다. 봉사활동을 하러가는 학생이나 봉사자를 받는 곳이나 봉사활동을 어떻게 해야 하는지, 일을 하러 온 학생에게 어떻게 해줘야 하는 것인지 제대로 알지 못하고 있는 경우가 많기 때문이다.

40여 명의 학생을 6조로 나누어 활동할 장소를 배정받아 올라갔다. 숲 속은 눅눅했고 후텁지근했다. 아이들에게 숲에 대한 중요성과 왜 오늘 이런 활동이 필요하며 여러분이 무슨 일을 해야 하는지를 상세히 알려주며, 오늘 땀 한번 흠뻑 흘려보자고 응원을 보냈다.

노동을 해보지 않은 아이들은 미리 겁을 먹었는지 심드렁한다. 무엇을 어떻게 해야 할지를 몰라 우두커니 서 있는 아이에게 내가 먼지 덤불 사이로 들어가 서양등골나물을 뽑았다. 땀범벅으로 한 아름을 뽑아 들고 나오는 나를 보더니 아이들이 하나 둘 풀 속으로 들어온다. 누가 먼저랄 것 없이 허리를 굽혀 뽑는다. 대여섯 명이 들어가 뽑아대니 순식간에 한 무더기가 된다. 아이들 얼굴이 땀범벅이다. 조용하던 풀 속에 갑자기 사람의 냄새가 풍기니 모기들이 기승을 부린다. 그래도 아이들은 열심히 풀을 뽑고 있다.

경계목을 세울 나무를 구해오고, 적당한 크기로 톱질을 하고, 땅을 파서 지지대를 세울 즈음, 아이들은 이제 신이 났다. 지시를 하지 않아도 "선생님 이렇게 하는 게 좋을 것 같은데요."하며 제법 제 의견도 내놓는다.

"이러이러한 형태를 만들려 하니 너희들 생각대로 해 보렴."

어설프지만 아이들은 이렇게 저렇게 톱질도 해보고 땅도 파 본다. 저희들끼리 분담을 맡는다. 공사하고 남은 목침을 주워와 경계목을 세우고, 지지대를 박고, 발로 흙을 꾹꾹 밟아 완성시킨다. 제법 그럴듯하게 보였다. 저희들도 흐뭇한 모양이다.

이마의 땀을 닦는 아이의 얼굴이 사뭇 상기되어 있다. 바짓가랑이가 흙투성이다. 땀투성이 된 얼굴을 서로 쳐다보며 한바탕 웃는다. 마지막 손질로 '들어가지 말라'는 경고 메시지를 예쁜 그림으로 그려 코팅을 해서 촘촘히 꽂는 손이 아름다웠다. 흠뻑 땀을 흘린 노동의 대가가 눈에 보이니 저들도 뿌듯한가보다.

꽁꽁 언 아이스크림이 배급되었다. 노동 뒤에 오는 휴식은 꿀맛이다. 아이스크림을 입안 가득 문 채 "선생님 오늘은 진짜 봉사활동 한 것 같아요." 한다. 일시에 땀이 싹 식는 기분이다. 아이스크림보다 더 시원한 이 한마디.

"그래, 너희들도 수고 많았다. 이제 이 숲길은 풀이 다시 돌아나고 위해식물도 많이 없어져 피부병도 안 생길 거야. 여러분이 오늘 한 작업으로 이 산을 찾는 다른 사람들이 한층 더 즐겁겠지?"

나무 밑에 앉아 아이스크림을 먹는 아이들은 뿌듯한 휴식을 취하고, 나는 아이들의 의젓한 등판에서 뿜어져 나오는 피톤치드 같은 청량감을 맛보았다.

큰개불알풀꽃

이른 봄, 나무들이 봄 준비가 한창일 때 풀 속을 가만히 들여다
보면 제법 파릇파릇한 어린 봄꽃들이 피어 있는 것을 볼 수 있다.
그 중에 아주 조그만 네 장의 꽃잎이 흰색과 파랑색이 섞여 앙증
스럽게 피어 있는 꽃이 있다. 이 꽃을 큰개불알풀꽃이라고 한다.
열매가 개의 고환 같다고 하여 붙여진 이름이다. 이 꽃은 이름과
는 달리 큰 꽃이 아니다. 한가한 마음으로 쭈그리고 앉아 풀 속을
들여다봐야 눈에 들어오는, 아주 키가 작은 풀에서 핀다. 꽃가루
받이도 개미가 해 준다. 꽃은 작지만 그 모양이 무척 귀엽고 사랑
스럽다. 색깔도 청아하고 순수하며 강한 생명력이 있어 보인다.
무리지어 피어 있는 것을 보면 마치 보석을 뿌린 듯, 별들을 뿌려
놓은 듯 영롱하며 아름답다.

이 꽃의 학명은 'veronica persica'이다. 십자가를 지고 형장으로 가는 예수의 땀을 베로니카가 손수건으로 닦아드리니 그 손수건에 예수의 얼굴이 나타났다는 전설이 있다. 꽃 속에 예수의 얼굴 모습이 있다고 하지만 찾기는 어렵다. 다만, 나지막하게 피어 있는 꽃을 함부로 밟지 말고 사랑해 주라는 뜻으로 해석하고 싶다.

봄이 되면 나는 바빠진다. 올해는 새로운 프로그램으로 유치원 원아들을 생태공원에서 교육하게 되었다. 손자 같은 아이들을 데리고 놀이를 하자니 몸이 영 말을 안 들어준다. 원아들과 같이 율동도 해야 하고 단어의 선택도 아이들이 알아듣기 쉽게 골라 써야 하며 이야기도 어른의 틀을 벗어나 아이들의 세계에서 상상하며 사고하는 말로 들려줘야 한다. 이미 기성의 틀로 꽉 들어찬 뇌리 속은 이러한 것들을 담기가 여간 어렵지 않다. 오묘한 자연의 순리와 함께 어우러져 살아야 할 우리의 삶을 어떻게 어린 아이들에게 이해를 시켜야 할지, 호기심 가득 담고 쳐다보는 눈과 마주치면 두려움이 앞선다.

생명력을 가진 꽃처럼 호기심은 무한한 세계의 도전정신이고 꿈의 첫 발자국이기도 하다. 꿈과 사랑을 모두 심어줘야 하는 나는 가루받이의 역할을 잘 해내야 한다. 동화나라로 빠져들 듯 내 입에서 나오는 이야기를 기다리며 반짝거리는 눈망울이 이슬 머금은 큰개불알풀꽃이다. 작은 꽃들이 개미를 기다려 꽃가루받이로 씨앗을 맺듯, 나는 개미가 되어 열심히 아이들과 교감을 해서 아름다운 인성이 결실되기를 염원한다. 지금은 뜻도 모를지라도 듣고 또 듣고 하면 자연을 사랑하는 마음이 생기지 않을까. 측백나무 잎을 보고 사슴뿔을 연상하고, 진달래꽃을 보고 나팔을 떠올리는 상상력과 밟혀서 꼼지락거리는 개미에게 미안하다며 풀 속에 갖다 놓는 모습을 보면 미래는 희망적이다.

우리의 교육은 자라나는 2세에게 자연의 소중함을 알려주고 아끼고 즐길 수 있는 마음을 길러주기 위한 것이며, 또한 서로를 배려할 수 있는 따스한 인성이 형성되어 보다 밝고 건전한 인간으로 자라길 바라는 기도이다.

떡잎에 물을 주듯, 당장 눈앞에 보이는 결과는 없어도 먼 미래를 보며 오늘도 나는 덩치 큰 개미가 되어 큰개불알풀꽃을 만나러 풀섶으로 간다.

골목 안 향기

동네 골목어귀에 정원이 넓은 큰 집이 있다.

육중한 철대문은 언제나 굳게 닫혀 있어 성채처럼 보인다. 그 집 담장에는 이른 봄 개나리꽃을 시작으로 갖가지 꽃들이 흐드러지게 피어 아름다운 꽃집을 만들었다. 라일락이 풍성하게 피어 있을 때는 골목 안이 향기로 가득하다. 5월이 되면 장미꽃이 하나둘씩 피기 시작하여 온 담장을 물들인다. 이때가 제일 아름답다. 후드득 단비라도 지나가면 꽃망울이 일제히 잠에서 깨어나 담장을 온통 빨갛게 물들이는 꽃의 향연이 절정을 이루었다.

갓 피어난 싱그러운 꽃에 지나가는 사람들은 저절로 눈길을 주고 잰걸음을 하던 사람도 그곳에서는 한 번쯤 꽃을 쳐다보고 코를 벌름거리면서 걸음을 늦추었다. 나도 우울하거나 짜증이 나는 일이 있을 때면 그 담장 밑을 거닐며 마음을 추스르곤 했다. 굳게 닫쳐진 대문과는 대조적으로 활짝 핀 장미는 마음껏 개방되어 온 동네 누구에게나 아름다움과 향기를 나누어 주었다.

어느 날 젊은 남녀가 무엇에 토라졌는지 여자는 화난 모습이고 남자는 열심히 달래며 지나간다. 여자는 고개만 살래살래 흔들 뿐 마음이 풀어지지 않는 모양이다. 장미 담장쯤 갔을 때 남자는 주저하다가 예쁘게 핀 장미 한 송이를 살그머니 꺾어 여자에게 준다. 샐쭉거리던 여자는 빙긋이 웃으며 꽃을 받아 향내를 맡는 다. 언제 다퉜냐는 듯 환하게 웃는다. 뒤따라가며 보던 나도 맥없 이 웃음이 나왔다.

어느 날부터인가 그 집이 술렁이기 시작했다. 가끔 짐차가 와서 세간을 실어가고 하더니 오늘은 자질구레한 살림살이가 나와 있 다. '집주인이 수리를 하려는 걸까.' 예쁘게 고쳤으면 좋겠다고 상 상을 하며 이른 외출을 했다.

귀가 길에 골목에서 발길이 뚝 멈춰졌다. 포클레인이 그 집을 헐어내어 트럭에 싣고 있는 중이다. 집은 이미 형체가 없어지고 부서진 벽돌과 시멘트 조각만이 나뒹굴고 있었다. 뽑혀 나간 꽃나 무들이 뿌연 먼지를 뒤집어 쓴 채 구석에 처박혀 있었다.

'쿵!' 포클레인이 내 가슴을 치고 지나갔다.

와르르 꽃들의 아우성. 작게나마 위안이 되어 주었던 그 꽃 담장은 이제 볼 수가 없다. 가슴 안에서 마른 바람소리가 인다. 사랑 다툼하던 젊은이들은 어디에서 화해를 할까.

그 집터엔 다가구 빌라가 지어졌다. 한 가구가 살던 곳에 여러 가구가 들어앉았으니 어디에 마당이 있겠는가. 저녁이면 이 골목은 복잡한 주차장이 되어 버린다.

아침부터 봄을 재촉하는 비가 종일 내리고 있다. 봄기운은 골목을 맴돌고 있지만 촉촉이 적셔 줄 땅이 없다. 이제 골목 안의 꽃향기는 맡을 수 없지만 한 가정의 몫이었던 곳이 여러 가정의 보금자리가 되었다면 그것 또한 꽃향기 못지않은 생활의 향기가 될 수 있지 않을까 위안도 해 본다.

골목 안을 아름다운 꽃과 향기로 채워 주었듯이 아무쪼록 좋은 이웃으로 인정의 향기가 골목 안에 가득히 퍼졌으면 좋겠다.

장식 꽃

얼마 전 TV에서 재미있는 시사프로그램을 했다. '부끄러운 진실'이라는 소제로 인간의 이중성에 대해 실험을 하며 파헤쳐보는 내용이다. 흔히 사람들은 겉모습으로 판단하면 안 된다고 한다. 그런데 생각과 실천은 달랐다.

[실험 1] 한 사람을 화장기 없는 얼굴에 수수한 옷차림으로 여러 개의 짐을 들고 가다가 떨어트려 본다. 지나가는 사람들의 반응을 보고자 함이다. 몇 사람은 관심을 갖고 짐을 주워주지만 대부분의 사람들은 그냥 스쳐 지나간다(16명 중 3명이 짐을 챙겨 줌).

[실험 2] 같은 사람을 예쁘게 화장시켜서 야한 옷차림으로 같은 장소에서 똑같이 짐을 떨어트려 본다. 이번에는 많은 사람들이

관심을 가지고 짐을 챙겨줬다(23명중 11명이 챙겨 줌). 또한 피부색에서도 유색인보다는 백인에게 더 친절했다.

실험에서 나타나듯이 사람들은 속(마음)보다는 겉에 보이는 모습에 더 끌린다는 것이다. 화려한 겉모습이 우리의 이성을 교란시킨다고나 할까. 아름답고 멋있으면 우선은 사람들이 좋은 인식을 갖는다는 것이 인지상정이라고 실험에서는 말한다. 이것이 쉽게 표현되는 인간의 이중성이라고 한다. 마음을 알기에는 시간이 걸리고 겉모습은 순간의 인식이니, 시간을 들여 속을 알려고 하기에는 현대인의 조급증에 한계가 있나보다.

얼마 전 가짜 학력으로 사회를 떠들썩하게 만든 사건도 속보다는 겉치레를 보고 판단하는 인간의 이중성에서 온 것이라 하겠다.

이러한 겉치레가 사람에게만 있는 것이 아니다.

식물계에서도 생존의 기로에서는 눈물겨운 겉치장을 한다. 요즘 숲에 들어가 보면 산딸나무 꽃이 한창 피어 있다. 열매가 익으면 마치 딸기 같아 붙어진 이름이다. 꽃은 연둣빛으로 둥글게 뭉쳐 있는데, 그것을 에워싸고 네 장의 하얀 꽃잎이 화려하게 피어 있다. 초록 잎새 위로 하얀 꽃이 만발한 것을 보면 먼 곳에서도 확 눈에 띄는 것이 청아하면서도 화려하다. 그런데 이 흰 꽃으로 보이는 것이 사실 꽃이 아니고 벌 나비를 유인하려고 쓰는 가짜 꽃, 즉 장식 꽃이다. 진짜는 안에 있는 볼품없이 생긴 연둣빛이 꽃이다. 꽃인지 이파리인지 색으로 얼른 구별이 안 되어 이 꽃은 생존의 전략으로 헛꽃을 장식해 놓았다. 산수국도 이와 같은 헛꽃으로 곤충을 유인하는데, 가루받이가 끝나자마자 곧추세웠던 꽃잎이 서서히 고개를 숙이고 본래의 모습인 이파리로 되돌아가 광합성작용으로 열매에게 영양분을 제공해 준다. 얼마나 눈물겨운 배려인가.

식물이 외모를 장식하는 것은 오로지 후손 보존을 위한 것이지 상대에게 피해를 주지는 않는다. 사람은 장식 꽃으로 피해를 많이 본다. 믿었던 사람에게서, 친구에게서 배신을 당하고 사기를 당하는 것은 우리가 진정 속을 보지 못하고 겉장식만 보았기 때문이 아니겠는가.

나도 살아오면서 나를 알리기 위해 알게 모르게 장식 꽃으로 치장을 하였을 것이다. 곁에 있는 소중한 사람들이 혹시 장식 꽃을 보고 찾아오지는 않았는지. 또한 다른 사람들을 장식 꽃으로만 판단하지는 않았는지.

내가 글을 쓴다는 것이 하나의 장식 꽃이 아닌가 생각해 본다.

좋은 글 하나 제대로 못 쓰면서 작가라는 허울만 달고 있으니 장식 꽃이 분명한데, 이것만큼은 헛된 장식이 아닌 산수국의 장식 꽃처럼 내 인생의 결실에 영양분을 줄 수 있는 헛꽃이기를 바라는 마음이다.

심정임 수필의 예술성과 사상성

김우종 | 문학평론가

내면적 성숙과 창작의 의미

창작활동이란 글을 쓰는 것만이 아니라 이를 발표하고 독자에게 읽히는 행위까지를 모두 포함한다. 음악 미술 연극 영화 등 모든 예술의 창작활동이 그렇다. 누군가가 봐 주고 들어 주고 공감해 주지 않는 어떤 창작활동도 완전한 것이 아니다. 자기 혼자 부르는 노래도 자기가 듣지 못하면 부르지 않을 것이다.

수필도 이렇게 독자를 의식하는 창작물이기 때문에 이를 위해서는 독자가 읽어 주고 감동받을 수 있는 요건이 갖춰져야 한다.

그런데 이처럼 독자를 의식하고 독자가 원하는 무엇을 만들어 내는 것이 창작이라 하더라도 그것은 독자를 위한 행위만이 아니다. 작가는 독자에게 주는 것 이상으로 자기 자신에게 무엇인가 소중한 선물을 주기 위한 행위로써 글을 써 왔다는 것을 알게 된다.

심정임의 수필은 특히 그런 과정을 잘 보여준다. 누구나 그렇듯이 심정임도 작가로서 독자에게 좋은 수필을 전해 주기 위해 많은 노력을 기울여 왔을 것이다. 그런데 그처럼 독자에게 좋은 열매를 주기 위해서는 작자 자신이 그런 열매를 만들어내야 한다. 그 열매는 다름 아닌 작자의 정신세계다. 자신이 남보다 더 맛 좋고 소중한 열매를 간직해야 남에게 나눠 줄 수 있다. 그러므로 독자를 위한 좋은 수필 쓰기는 곧 그것을 통해서 작자 자신의 내면의 세계를 단단하게 성숙시키고 가멸게 하고 자기만의 철학과 아름다운 정서를 풍요하게 축적해 나가는 과정이 된다. 물론 모든 문인의 작품들이 그런 것은 아니지만 심정임은 특히 그처럼 끊임없이 교양을 쌓고 귀한 열매를 독자에게 전해 주며 칭송을 받는다. 그만큼 심정임의 창작활동은 작자 자신의 내면적 성숙을 위한 끊임없는 정진의 성과라고 볼 수 있다.

이런 작가의 자세는 일상적으로 많은 지식과 교양을 위해 참으로 겸허하고 성실한 노력파의 모습을 보여 주게 된다.

이 작가는 마치 학창 시절로 돌아간 소녀처럼 매우 성실한 학구적 태도로 새로운 지식을 얻을 때마다 이를 성실히 메모하고 기억의 창고 속에 정리해 나가는 것으로 보인다. 직접 메모장을 들고 다니지 않았다면 남달리 비상한 기억력과 예리한 관찰력을 갖고 그런 성과를 얻었을 것이다.

〈매화연〉을 보면 우리나라에서 거의 사라져 가며 겨우 보존되고 있는 5백년 6백년 또는 그 이상일지도 모르는 귀한 매화를 찾아다니며 그 매력에 감동하고 전문적 지식을 간직해 나간다. 〈곡선의 여유로움〉에서는 부여 박물관의 관람기가 나온다. 작자는 여기서 금동대향로를 비롯한 백제 유물들을 바라보며 탄복한다. 그리고 신라와 당나라 연합군에 의해서 빼앗기고 파괴된 문화를 아쉬워하고 지나간 역사를 회고하며 기록해 나가고 있음을 알게 된다. 또 이태리에 가서 와인의 명소를 찾아다니고 해박한 지식을 얻어나가는 〈신의 선물〉도 마찬가지다.

이렇게 만들어진 작품들은 그 소재만으로도 많은 흥미를 끌게 되고 작자의 성실하고 예리한 관찰의 도움으로 풍부한 읽을거리를 제공해 준다.

물론 이런 경우에 수필가는 이를 정확하고 깊이 있게 기록하는 학술적 성과에만 만족해서는 안 된다. 이 작가는 이를 위해 단어 하나하나의 선택에도 세심한 주의를 기울이고 아름다운 감성으로 이를 윤택하게 포장하며 매끄러운 문장을 만들어 나가고 문학성을 살리기 위해 애를 쓰고 있다. 그래서 사실의 기록성만을 위주로 하는 연구용 리포트와는 격이 다른 문학작품으로 남게 된다.

그런데 이런 소재들은 작자가 자기만의 창의적인 사상적 철학적 사색과 문학적 표현을 기울이지 않아도 그것 자체만으로도 작품의 주요한 주제를 어느 정도 간직하게 해 준다. 문장력을 논하기 전에 이미 그 내용만으로도 가치가 있다. 특히 이런 소재들은 귀중한 내용만을 이해시키고 보여 주기 위해서 체계적으로 정리해 놓은 것이기에 좋은 주제를 얻는데 도움이 된다.

박물관은 역사적 문화적 가치가 있는 것만을 체계적으로 학술적 고증을 통해서 보여 주고 있다. 또 해설자가 보충설명을 해 준다. 백제의 금동대향로 앞에서는 그처럼 놀라운 것이 나당 연합군의 침공으로 궁정이 불탈 때 어떻게 누구에 의해서 우물 속에 던져지고 훗날 빛을 보게 되었을지 상상의 날개를 펼치며 흥분한 어조로 당시를 회고하는 해설자를 통해서 그것만으로도 훌륭한 문학적 주제를 얻을 수 있을 것이다.

작자는 이태리 여행에서 와인의 명소를 찾아다닌 것도 좋은 작품으로 남기고 있다. 이런 소재는 비싼 여행비를 들여서 찾아가는 관광객이 되어야만 얻을 수 있는 것이며 작자는 이런 지식을 위한 현장 답사에 꽤 많은 공을 들이고 있다. 그리고 이것도 모두 소재 자체만으로 이미 귀한 의미를 보여주고 있기 때문에 좋은 수필감이 된다.

창의적 소재 읽기와 예술성

그런데 심정임의 수필에 나타나는 소재는 이와는 매우 다른 것이 있다. 남들이 보여 주거나 스스로 본대로 어느 정도 다듬어진 문장력으로 옮긴 것만으로도 좋은 성과를 얻을 수 있는 것과 달리 그 소재 자체만으로는 거의 아무런 가치도 발견되지 않는 것이 있다. 그리고 이처럼 거의 무의미한 소재이면서도 그것이 새로운 의미를 지니고 태어나게 함으로써 더욱 감동적인 예술성을 만들어내는 경우의 작품들이 있다.

〈햇볕 훔치다〉는 그런 소재로 만들어진 대표적인 수필이다.

작자는 겨울의 들판을 바라보고 있다. 들판은 도시를 떠나면 누구나 보는 일상적 풍경이며 보지 않으려 해도 보인다. 겨울에 고속버스를 타면 창문을 가리지 않는 이상 그런 풍경은 끊임없이 시야에 전개된다. 박물관은 관람료를 내고 들어가거나 노인은 경로우대증을 내밀고 들어가야 보지만 들판을 보러 가는데 돈 받는 일은 없다. 그만큼 특별히 볼만한 가치가 없기 때문이다.

봄이나 여름이나 가을은 그래도 나은 편이다. 농부들이 곡식을 모두 거둬들이고 난 뒤의 텅 빈 겨울의 들판은 그야말로 구경거리가 없다. 그러므로 들판을 문학의 소재로 삼는 수필은 실패하기 쉽다. 참신성이 없는 문학은 문학이 아니다. 다만 예외가 있다면 30년대에 요절한 이상의 경우다.

이상李箱은 전연 참신성이 없는 들판만으로 매우 멋진 수필을 만들어낸 인물이다. 참으로 지겨운 여름날의 초록빛 풍경을 소재로 한 〈권태〉가 그런 명수필이다. 그것은 30년대 한국수필문학사에서 귀중한 유산으로 남아 있다.

심정임의 〈햇볕 훔치다〉는 이처럼 일상적인 권태로운 들판 풍경으로 만들어낸 우수작이다.

이 작품은 이상의 〈권태〉보다도 더 지겨운 겨울 들판을 소재로 한 것이다. 그리고 문학적 성공도가 매우 높다. 이것을 통해서 수필이란 무엇인가 하는 질문에 대한 귀중한 답을 얻게 된다. 그것은 다름이 아니다.

문학은 예술이며 예술은 감동적으로 표현된 창작물을 말한다. '문학은 사상과 감정을 언어로써 상상을 통하여 아름답게 표현한 예술이다.'라고 할 때의 아름다운 표현이란 '감동적인 표현'을 말하며 이것이 예술이고 이것이 이 수필의 기법에서 잘 나타나고 있다.

이미지의 창출과 사상성

〈햇볕 훔치다〉에서 작자는 이상이 바라본 녹색 들판보다 훨씬 더 지겹고 권태로운 겨울 들판을 바라보되 두 가지의 참신한 관찰력을 갖고 있다. 하나는 그 풍경의 내면을 읽는 눈이다. 그리고 다른 하나는 그 풍경을 자연의 들판이 아닌 우리들의 인생의 들판으로 보고 그 이야기를 언어로 써나간 것이다. 들판을 보되 들판이 아닌 인생을 보고 있다. 상상적 사고를 통해서 사물을 본 것이다.

언제부터인지 빈 들녘이 쓸쓸해 보이지 않았다.

승리자의 달콤한 휴식 같아 여유로워 보였다. 이른 봄부터 계절 따라 품고 있던 씨앗들을 튼실히 키워내고, 그 인고의 열매를 사람에게 아낌없이 다 내주고는 지금 그 고단한 희열을 맛보고 있는 거다. 겨울 동안의 긴 휴식은 내년의 또 다른 목표를 위해서 끝없는 변화와 자연의 수용을 위해 힘을 키우는 기간이리라. 넘실대는 만추의 햇살을 맨얼굴로 받아들이니 얼마나 간지러울까.

겨울의 들판을 정지된 사물로만 본다면 죽음의 풍경화일 뿐이다. 그렇지만 상상적 사고를 통해서 그 내면을 들여다보면 그것은 오랜 땀흘림 뒤의 달콤한 휴식이며 다시 봄을 준비하는 장엄하고 멋진 자세임을 알게 된다. 이렇게 봄으로써 겨울의 들판은 죽은 들판이 아니라 생동감이 넘치고 의욕이 넘치는 감동적인 풍경으로 다가오게 된다.

이렇게 내면을 투시하는 눈으로 겨울 들판을 보면 그것은 죽어 있는 풍경이 아니라 숨소리가 들려오고 꿈틀대는 풍경이기 때문에 참신하다.

작자는 이런 내면적 관찰만이 아니라 이를 작자 자신의 인생의 이미지로 보는 상상의 눈을 갖고 있다.

젊어서 살림살이 늘려가며 자식들 키우고, 이제는 모두 제 길 찾아 새 가정을 꾸미고 사니 이만하면 나도 휴식을 취해도 되지 않을까. 몇 년 동안 남편과 단둘이 새로운 삶을 살아봤다. 신혼 같은 짜릿함은 없어도 뒤 뱃심은 든든했다. 믿고, 의지하고, 있어줘서 고마웠다.

　지금 나의 달콤한 휴식은 무엇을 준비하기 위함인가. 들녘과 나무들은 미래를 위해 또 다른 준비를 하는데, 나의 목표는 무엇인가.

　작자는 자연의 들판을 바라보면서 여기서 자신이 살아온 긴 인생의 발자취를 읽어나가고 있다. 들판이 그렇게 곡식을 키워냈듯이 작자는 자식들을 힘들게 키워냈다. 그리고 자연이 추수가 끝난 후 그렇게 쉬고 있듯이 작자 자신도 이제 남편과 단 둘이 남아서 휴식의 시간으로 접어들고 있다. 여기서 현실의 실제적 들판은 어디까지나 들판일 뿐이지만 이를 이처럼 작자의 지나간 인생으로 보고 있기 때문에 이는 상상적 사고에 의해서 그려진 그림이 된다.

　문학적 기법으로 보자면 이것은 그 겨울 들판을 인생의 어떤 다른 의미로 읽었기 때문에 이는 이미지의 창작기법이 된다. 다른 말로 바꾸면 '상징적 기호 읽기'를 한 것이다.

　이 세상의 모든 소재는 다른 무엇의 상징적 기호가 된다. 흔히 쓰는 용어로는 이미지다. 비는 눈물의 이미지이고 슬픔의 이미지이며 때로는 생명의 이미지다. '오늘밤에도 별이 바람에 스치운다'(윤동주의 〈서시〉)에서 그 바람은 일제가 일으키던 가혹한 역사의 이미지이며 그들이 몰아오던 죽음의 이미지다.

　심정임은 이렇게 들판을 바라보며 그것을 무미건조한 풍경으로만 읽지 않고 이처럼 지나온 자신의 발자취로 읽고 또 자연의 내면을 읽으면서 그 숨소리를 통해서 자신의 내면을 읽고 있기 때문에 훌륭한 주제가 만들어진다, 자신도 그처럼 다시 찾아 올 봄을 준비해야겠다는 긍정적인 주제다.

그런데 겨울의 들판은 해가 바뀌면 봄이 되지만 심정임에게는 그런 자연의 봄은 돌아오지 않는다. 자식들 모두 키우고 노년기에 들어섰다면 청춘이 되돌아오지는 않는다. 그럼에도 불구하고 작가는 자연의 들판을 바라보면서 마침내 자신의 봄을 만들어 나가고 있다. 수필쓰기를 통해서 다시 새로운 인생의 봄을 맞으며 의욕적으로 살아가기 때문이다.

이렇게 되면 이 수필은 두 가지 의미의 훌륭한 감동적인 창작물이 된다. 봄을 다시 준비하는 겨울의 들판을 바라보며 거기서 작자 자신도 그렇게 봄을 준비해야겠다는 의욕과 용기를 찾고 그 길이 무엇인지 답을 제시한 것이 그렇다. 그 길은 물론 수필가로서 제2의 인생을 살아가는 것이다.

이런 긍정적 주제와 함께 이 작품은 예술성 창출의 예술적 기법이 어떤 것인지를 잘 보여주는 좋은 예가 된다.

들판을 보되 그것을 들판으로만 보면 문학은 되기 어렵다. 복사에 지나지 않기 때문이다. 들판을 보되 들판을 작자의 인생의 이미지로 봤기 때문에 비로소 새로운 세계가 펼쳐지고 이야깃거리가 만들어지고 감동의 밀도가 높아진다.

여기서 나타나는 기법은 예술성을 창출해내는 가장 유효한 기법이다. 가스똥 바슐라르가 말하는 '이미지의 현상학'이 이런 기법의 이해에 도움이 될 것이다.

그는 그 글에서 미의 본질이 무엇인지 정확히 지적하고 있다. 하나의 사물을 통해서 다른 사물을 나타낼 때 그 의미에 도달하는 순간 가슴속에서 일어나는 감동이 곧 아름다움이라고 한 것이다.

이런 주장은 다름 아니다. 이미지의 창출이 곧 가장 아름다운 예술성을 만들어낸다는 뜻이다. 다시 말하면 겨울의 황량한 들판을 보되 그것을 통해서 작자 자신의 지나온 인생을 말하면서 A를 통해서 B를 표현하는 비유법을 말한 것이다.

이런 비유법은 이 작품에서 나무들의 이야기로도 나타나고 있다.

나무들도 정성들여 영글어 놓은 열매들을 모두 자연에게 돌려주고 전라의 몸으로 서 있다. 울창한 숲을 이룰 때는 산의 모습이 보이지 않더니 모두를 벗고 난 지금 산속의 바위도 보이고 웅덩이 속 쓰레기더미와 나무 위의 새집도 보인다. 허울을 벗어야만 비로소 보이는 것들. 숲속의 비밀들이 모두 탄로 났다.

울창했던 숲은 이제 앙상한 나목과 수북한 가랑잎만 맴돈다. 그러나 그 정적 속에도 미래의 목표를 향해 소리 없는 작업에 열중이다. 꽃눈과 잎눈을 만들고 줄기와 뿌리를 엄동설한에 견디도록 단속하면서 최소한의 에너지를 소비하도록 온몸에게 지시한다. 그리고 긴긴 휴식에 들어간다.

열매를 만들어 준 후 열매를 이 세상에 모두 나누어주고 나무 잎도 모두 떨궈 준 후 벌거숭이만 남은 나무의 모습은 자식들을 길러서 이 세상에 내 보낸 후 빈 몸으로 남아 있는 늙은 부모들의 모습의 이미지가 된다.

이런 비유법은 〈조각보〉나 〈생강나무의 함성〉 등에서도 잘 나타나고 있다.

〈조각보〉는 앞의 작품과 달리 그것 자체가 훌륭한 예술이다. 그렇지만 그것을 해석하는 방법은 이미지를 찾아나가는 비유법에 해당된다.

작자는 조각보의 예술적 가치를 다양한 측면에서 심도 있게 관찰하며 논리적 설득력을 얻고 있어서 매우 매력적인 성공작이다. 그런데 이 작품은 조각보에 대한 관찰과 감상과 비평으로서의 의미만을 지닌 것이 아니다.

〈햇볕 훔치다〉에서 나타나고 있듯이 작자는 여기서 삶의 윤리적 철학을 모색해 나가고 있다. 그런데 이런 주제를 읽어낸 방법은 이미지 찾기가 된다. 헝겊조각 하나하나의 만남을 우리들 인간 사회의 만남으로 읽어나간 것이다. 저마다 다른 색과 크기의 조각을 다양한 많은 인간 형태로 읽어 나가며 조각보가 지닌 아름다움을 통해서 인간사회에 필연적으로 요구되는 삶의 윤리를 찾아나간 것이다.

한 땀 한 땀 정성들여 이은 것이 만든 이의 노고가 담뿍 담겼다. 의미 없던 한 조각이 서로가 맞물리고 이어져 형태를 갖추고 아름다운 존재로 태어나는 것을 볼 때, 이 세상에는 의미 없이 존재하는 것이 없다는 생각이 든다. 가장 중요한 것은 한 조각이라도 떨어져 나가거나 비뚤어진다면 그 조각은 물론 옆의 것마저 형태가 이지러진다는 것이다.

우리의 삶이 타인과의 어울림인데 한 조각의 의무를 다하기 위해 스스로 성장하며 진솔한 삶을 살고자 함이 여기에 있다.

우아한 배색이 눈에 맑게 들어오며 가슴이 따뜻해진다.

2월의 제주 바닷바람이 훈훈하다.

작자는 조각보를 보면서 이렇게 우리들의 인생을 읽어 나가고 있다. 조각보가 우리들의 인생을 말해 주는 이미지가 되고 기호가 된 것이다. '의미 없던 한 조각이 서로가 맞물리고 이어져 형태를 갖추고 아름다운 존재로 태어나는 것을 볼 때 이 세상에는 의미 없이 존재하는 것이 없다는 생각이 든다.' 고 한 말은 매우 소중한 것이다. 의미 없는 헝겊 조각을 우리 사회의 뒤처지고 소외된 약자로 본다면 이 말은 작자의 아름다운 휴머니즘 정신이 된다. 그리고 쓰레기로서 버려질 운명이었던 헝겊 조각 하나 하나가 훌륭한 예술로 태어난 과정을 통해서 우리들의 인생을 보고 참된 삶의 윤리를 말한 것은 비유법의 예술적 기법을 썼기 때문에 감동적인 예술이 된다.

〈생강나무의 함성〉도 그렇다.

　　식물의 마구잡이 간벌은 자연의 재앙으로 돌아오고, 사람의 간벌은 개인의 삶을 황폐화시키며 사회를 혼란시킨다. 솎아내는 일에 앞서 서로가 같이 섞여 살 수 있는 상생의 기법을 찾아야 할 것이다. 목이 쉬도록 외치는 시위대가 생강나무가 되지 않기를 염원한다.

　　흔한 생강나무가 문학의 아름다운 장면의 배경이 되듯이 시위대들도 언젠가는 우리 경제의 요긴한 자양분이 될지 어찌 알겠는가. 경제발전 뒤에는 언제나 산업 역군이 있었다.

　　'먹구름 뒤에는 찬란한 태양이 숨어 있다'는 말이 생각나 그들 옆으로 다가갔다.

　　이 작품에는 좋은 나무들의 성장을 돕기 위해서 그 주변의 다른 나무들 일부를 솎아내는 간벌 작업 장면과 덕수궁 앞의 시위 장면이 나온다. 덕수궁 앞의 시위대들은 기업체에서 해고된 사람들이다.

　　여기서 간벌 작업의 대상으로 잘려 나가는 생강나무들과 해고 근로자들은 동일한 유형이다. 회사를 더 잘 살리기 위해서 일부 사원들을 해고시킨다는 것은 더 좋은 나무들을 키우기 위해서 생강나무를 잘라내는 행위와 꼭 같다.

　　이런 점에서 이 작품도 이미지에 의한 상상의 세계로 독자를 유도하며 보조관념에 의한 본관념의 아날로지(유추 類推) 기법을 사용한 것이다.

이런 경우에 상상력이 미흡하면 유추현상은 성립되지 않는다. 생강나무의 간벌이 기업체에서 일어나는 해고조치와 유사하지 않으면 이미지를 통해서 본 관념에 도달하는 것은 불가능해진다. 그런데 이 작품에서는 양자 간의 아날로지가 매우 성공적이다. 이렇게 성공적인 이유는 기법의 우수성만이 아니라 시위 현장이나 나무숲을 바라보는 작자의 의식 속에 매우 감동적인 비판적 정신이 깔려 있기 때문이다.

기업을 살리기 위해서 일부 사원들을 해고시킨다는 기업주의 주장에 귀를 기울여 주면서도 한편으로는 해고되는 사람들의 입장에서 그들을 생각하고 약자에 대한 따뜻한 사랑과 배려를 보여주고 그들을 위한 논리를 전개한 것은 이 작품이 지닌 귀중한 사상성이며 작자의 철학이다.

심정임의 수필들은 물론 작품마다 차이가 있는 것은 사실이지만 이처럼 이미지의 창출에 의해서 예술성을 높이며 수필 쓰기의 모범적인 기법을 찾아보게 해 주고, 주제에서도 귀중한 사상성을 담으며 '사상과 감정을 아름답게 표현하는 언어예술'의 요건을 모두 훌륭히 성취시켜 나가고 있다.